어제를 배우며
오늘을 살고
내일을 꿈꿔라

스마일스(Samuel Smiles) 지음

영국의 저술가. 처음에는 의사였지만 『자조론』의 대성공 이후 집필에 전념한다.

저작은 모두 깊은 인생의 지혜로 넘쳐나고 있으며, 삶의 근본을 설명한 책으로서 높은 성가를 올리고 있다. 또한 이 책은 『자조론』의 내용을 개인의 성장에 초점을 맞춰 보다 더욱 충실하게 한 것으로 '불후의 명저'라는 높은 평가를 얻고 있다.

어제를 배우며
오늘을 살고
내일을 꿈꿔라

2014년 3월 20일 1판 1쇄 인쇄
2014년 3월 25일 1판 1쇄 발행

펴낸곳 | 파주북
펴낸이 | 하명호
지은이 | 스마일스
옮긴이 | 박현석
주   소 | 경기도 고양시 일산서구 대화동 2058-9
전화 | (031)906-3426
팩스 | (031)906-3427
e-Mail | dhbooks96@hanmail.net
출판등록 제2013-000177호
ISBN 979-11-951713-1-6 (03840)
값 12,000원

- **파주북**은 **동해출판**의 자회사입니다.
- 값은 뒷표지에 있습니다.
- 잘못 만들어진 책은 구입하신 서점에서 바꿔 드립니다.

어제를 배우며
오늘을 살고
내일을 꿈꿔라

Lean from yesterday,

live for today,

hope for tomorrow

파주북

Contents

목차(Contents)

CHAPTER

①

자신을 성장시킨다!

무 엇 이 나 의 정 신 · 지 성 을 성 장 시 키 는 가 ?

인생은 자신이 선택한 대로 모습을 바꾼다. 우리는 세상의 밝은 면을 보느냐 어두운 면을 보느냐를 스스로 결정

할 수 있기 때문이다. 세계를 진정으로 소유할 수 있는 것은 밝고 명랑한 사람들이다. 바로 이런 사람들만이 나

날의 생활 속에서 즐거움을 발견하고 그것을 향수할 수 있기 때문이다.

나에게는 어떤 것이 최고의 인생 인가?

우리에게는 의지와 행동의 자유가 있다. 그것은 굉장히 멋진 일이 기는 하지만, 때로는 불명예를 의미하기도 한다.

그것은 자신의 자유를 어떻게 사용하느냐에 달려 있다. 우리는 세 상의 밝은 면을 보느냐, 어두운 면을 보느냐 하는 것을 스스로 결정할 수 있기 때문이다.

예를 들어 일을 하다 어떤 실수를 저질렀을 때, 두 번 다시 같은 실 수를 반복하지 않겠다며 용감하게 맞서는 사람에게는 그 실수에 감사 할 날이 틀림없이 찾아올 것이다. 그와는 반대로 마치 인생이 끝나버 린 듯한 얼굴로 실수를 받아들이는 사람은 눈앞의 피해에만 모든 신 경을 빼앗겨서 결국 그 실수로부터 아무런 교훈도 얻지 못할 것이다.

개개인의 의지와 행동에 따라서 똑같은 일이 이처럼 다른 모습을 띠 게 된다. 그렇다면 보다 더 멋진 '삶'을 선택하는 것이 인간의 지혜라 고 할 수 있을 것이다.

인생은 자신이 선택한 대로 '모습'을 바꾼다

나쁜 생각을 피하고 좋은 생각에 따르느냐 마느냐, 그 선택 여하에 따라서 고집스럽고 비뚤어진 마음을 가진 사람이 될 수도, 혹은 그와는 반대되는 사람이 될 수도 있다.

세상은 자신이 선택한 대로 모습을 바꾼다. 세계를 진정으로 소유할 수 있는 것은 밝고 명랑한 사람들이다. 바로 이런 사람들만이 나날의 생활 속에서 즐거움을 발견하고 그것을 향수할 수 있기 때문이다.

한편 일년 내내 초조함과 불안에 시달리며 만족할 줄 모르는 성격을 가진 사람들은 불안과 고통에 휩싸이기 쉽기 때문에 행복과 마음의 평화를 얻기 어렵다. 마치 거칠거칠하고 딱딱한 솔과 같은 태도를 취하기 때문에 주위 사람들이 그 딱딱한 털에 찔리는 것이 무서워서 곁으로 다가가려하지 않게 된다.

자신의 천성을 아주 조금만 억누르면 될 것을 그들은 그렇게 하지 못하기 때문에 상상할 수도 없을 만큼 무시무시한 사태를 불러일으키는 것이다. 기쁨은 고통으로 바뀌며 인생은 맨발로 가시밭길을 걸어야 하는 여행이 되어버린다.

"때로는 조그만 재앙이 눈으로 들어간 벌레처럼 격렬한 고통을 가져다주기도 하고, 단 한 가닥의 머리카락이 거대한 기계를 멈춰버리기도 하는 법이다. 만족감을 얻는 비결은 사소한 걱정거리에 연연하지 않는 것이다. 그리고 조그만 기쁨의 싹을 스스로 찾아나서야 한다. 애석하게도 커다란 기쁨을 손에 넣는 데는 오랜 시간이 걸리기 때문이다."

이것은 폭넓은 교제 범위를 가지고 있던 정치가이자 평론가 리처드 샤프의 말이다.

제 마음대로 재난을 예측하고 상정해 놓는다면 그것을 극복할 수 없는 법이다. 항시 재난을 짊어지고 있으면 언젠가는 그 무게에 짓눌려 버리게 된다. 재난을 당하게 됐다면 희망을 버리지 말고 용감하게 처리해야만 한다.

하찮은 문제를 자못 심각하게 생각하는 경향이 있는 젊은이들에게 페르세우스는 이렇게 충고한다.

"희망과 자신감을 잃지 말고 앞으로 나아가야 한다. 이는 인생이라는 짐과 괴로움을 충분히 맛본 노인이 주는 충고이다. 그 어떤 일이 일어났다 하더라도 우리는 앞을 똑바로 바라보고 그에 맞서야 한다. 그러기 위해서는 밝은 기분으로 여러 가지 색채를 지닌 인생에 몸을 내맡겨야 한다. 이는 매우 중요한 일로 그렇게 하지 않으면 삶의 활력도 사라져버리고 말 것이다."

인생에서 성공하기 위해서는 재능도 필요하지만 그에 못지않게 기질도 중요한 요소로 작용한다고 일컬어지고 있다. 성공하느냐 못하느냐를 떠나, 인생에서의 행복은 평상심을 잃지 않는 성격, 인내력과 관용, 주위 사람들에 대한 호의와 배려 등에 좌우되는 부분이 매우 크다.

그런 의미에서 플라톤의 이 말은 행복의 정곡을 찌른 것이라 할 수 있다.

"타인의 행복을 바란다는 것은 곧 자신의 행복을 구하는 것과 마찬가지다."

이런 '마음가짐'이 인생의 짐을 반으로 덜어준다

이 세상에는 매우 낙천적이어서 무엇을 보든 좋은 면밖에 눈에 들어오지 않는 사람이 있다. 이런 사람들에게 있어서 좌절에 빠질 정도로 치명적인 재난이란 이 세상에 존재하지 않으며 가령 있다 하더라도 재난을 복으로 바꿔 만족감을 얻을 수 있다.

하늘이 제 아무리 어두워도 구름 사이로 새어나오는 태양의 빛을 어딘가에서 찾아낸다. 설사 그 모습이 보이지 않는다 할지라도 태양은 어떤 좋은 목적을 위해서 베일에 가려져 있는 것일 뿐, 후에 반드시 빛날 것이라 믿고 만족스러운 기분에 잠길 수 있는 것이다.

이와 같은 성격을 가진 사람은 누구에게나 부러움을 사는 행복한 사람이다. 그들의 눈동자는 기쁨, 만족감, 쾌활함, 신념, 지식 등 그 이름이야 어찌됐던 그와 같은 것들로 반짝반짝 빛난다. 마음속에서는 이미 태양이 빛나기 시작해 보이는 것 모두를 각각의 색으로 아름답게 채색한다. 견뎌야만 하는 무거운 짐도 기꺼이 어깨에 짊어지고, 불평을 하거나 사소한 일에 고뇌하지 않으며, 비탄의 눈물을 흘리느라 쓸데없는 에너지를 낭비하지 않고, 용감하게 싸움의 길로 나아간다.

그들을 앞뒤 가리지 않고 행동하는 경솔한 사람이라고 생각해서는 안 된다. 넓은 포용력을 가진 뛰어난 인물은 대체로 쾌활하고 희망과 애정에 넘치는 믿을 만한 사람들이다. 새까만 구름 사이로 새어나오는 도덕적인 태양의 빛을 재빨리 발견해내는 사람은 대체로 현명한 사람들이다.

그들은 눈앞의 악에서 미래의 선을, 아픔을 느끼면서도 건강을 되찾기 위한 노력을, 시련을 맛보면서도 그것을 수련이라 받아들이고 교정해야할 자신의 결점을 각각 찾아낸다. 슬픔이나 재난을 만나면 용기를 짜내고 지식과 살아 있는 지혜를 마음껏 발휘하여 그에 맞선다.

볕이 드는 길을 선택할 것인가, 그늘진 길을 갈 것인가?

밝고 명랑한 성격은 선천적인 것이라고 할 수 있지만 다른 습관과 마찬가지로 훈련에 의해서 개발할 수 있는 것이기도 하다. 충실한 삶을 사느냐 최악의 길을 걷느냐, 인생에서 기쁨을 이끌어내느냐 불행을 이끌어내느냐 하는 것은 각 사람의 노력 여하에 달려 있다.

사고방식에 따라서 인생에는 언제나 두 가지 면이 존재한다. 음지를 선택하느냐 양지를 선택하느냐, 그 선택을 하는 데 있어서 우리는 의지의 힘을 발휘하여, 행복해지느냐 불행에 안주하느냐, 둘 중 한쪽의 습관을 몸에 익히게 되는 것이다. 노력하면 사물의 어두운 면이 아니라 밝은 면만을 보려는 성격을 키울 수도 있다. 잿빛으로 낮게 드리워진 구름이 머리 위를 덮는다 할지라도 구름 너머에서 빛나는 황금빛을 놓치지 않도록 똑바로 눈을 뜨고 있어야 한다.

눈동자의 반짝임은 삶의 모든 장면을 선명하고 아름답게 그리고 기쁨에 넘친 것으로 비춰준다. 차가운 마음을 비춰 그것을 따뜻하게 하고, 고뇌하는 자를 비춰 그를 위로하며, 무지한 자 위에서 빛을 발해 그를 계몽하며, 슬퍼하는 자에게 용기를 북돋워준다.

눈동자의 반짝임은 지성에 광택을 더해주며, 아름다운 자를 더욱 아름답게 한다. 이 반짝임이 없으면 인생을 비추는 태양의 밝은 빛을 느끼지 못하며, 꽃은 덧없이 피고, 천지의 모든 것들이 더럽고, 생명도 영혼도 없는 빈껍데기처럼 보이게 된다.

인내력과 지혜를 낳는 최고의 '모태'

명랑한 성격은 인생에 기쁨을 가져다줄 뿐만 아니라 그와 동시에 자신의 성격이 상처받지 않도록 해주는 역할도 한다.

'유혹을 이기려면 어떻게 해야 하는가?'라는 질문에 대해서 어떤 현대 작가는 '무엇보다 첫째로 명랑할 것, 둘째도 명랑할 것, 그리고 셋째도 명랑할 것.'이라고 대답했다.

명랑함은 인간을 기르는 데 필요한 가장 중요한 토양이다. 그것은 마음에 밝음을, 정신에 탄력성을 가져다준다. 명랑함은 인간애를 낳으며, 인내력을 기르고, 지혜의 모태가 된다.

18세기 의사였던 마셜 홀은 "무엇보다 효과가 좋은 강장제는 언제나 명랑한 마음을 갖는 것입니다."라고 환자에게 말했다. 또한 솔로몬은 "밝은 마음은 약처럼 사람에게 도움이 된다."고 말했다.

명랑함을 갖추고 있다는 것은 커다란 강점이다. 마음속은 언제나 상쾌하게 맑은 상태이며, 영혼은 묘한 멜로디를 연주한다. 명랑함은 휴식과도 같은 것이다. 명랑하면 힘도 다시 솟아나게 된다. 반대로 항상 고민하기만 하고 매사에 불만이 가득하다면 기력은 약해져갈 뿐이며, 몸과 마음은 모두 소진되어갈 뿐이다.

19세기의 대표적 정치가인 파머스턴은 나이가 들어서도 나날의 직무에 충실할 수 있었는데 어떻게 마지막까지 그렇게 정력적으로 일을 계속할 수 있었을까?

그것은 언제나 침착하고 냉정한 성격과 명랑함을 잃지 않았기 때문이다. 이 두 가지는 인내하는 습관, 타인의 도발에 바로 반응하지 않는 습관, 태도를 바꾸지 않고 견디는 습관, 자신에 대해 험담을 하고 욕하고 중상하는 소리를 들어도 화를 내지 않고 그 말로 인해 자신을 괴롭히는 좁은 마음을 갖지 않도록 노력하는 습관 등을 통해서 자연스럽게 익힐 수 있는 것이다.

20년 가까이 파머스턴과 두터운 친분을 맺고 있던 한 친구는 "그가 화내는 모습은 딱 한 번밖에 보지 못했다."라고 술회했다.

삶을 마음껏 즐기는 법

위대한 인물은 대부분 명랑하며 인기나 재산, 권력을 탐하지 않고 현상에 만족하며 인생을 즐기고 기쁨을 민감하게 감지해낸다.

그들은 언제나 바쁘게 일하며 어떤 일에서나 기쁨을 느끼기 때문에 밝고 쾌활하며 늘 행복하다.

시련이나 고민을 능숙하게 처리하는 '유연한 마음'

『실락원』을 저술한 밀턴은 수많은 시련과 고뇌를 경험했음에도 불구하고 명랑하고 유연한 성격을 가지고 있었다. 시력을 잃고 친구에게 버림받아 눈앞에는 어둠만이 펼쳐져 있고, 뒤에서는 위험을 재촉하는 소리가 들려오는 비참한 나날을 보내야 했지만 용기와 희망을 잃지 않고 전력을 다해 앞으로 나아가기를 멈추지 않았다.

18세기의 문호 새뮤얼 존슨은 가혹한 운명에 맞서 싸우면서도 언제나 용기와 밝은 마음을 잃지 않았던 인물이다. 그는 남자답게 충실한 인생을 보내야겠다고 생각했으며, 모든 면에서 만족감을 찾아내려고 노력했다.

어느 날 한 목사가 영국 전원사회의 태만함을 평하여 "그들은 송아지 얘기만 한다."고 말하며 한탄하자 한 부인이 이렇게 말했다.

"하지만 존슨 씨도 역시 자신의 송아지 얘기를 틀림없이 했을 거예요."

즉, 존슨은 그것이 어떤 것이든 자신이 처한 환경을 매우 소중하게 여겼다는 말이다.

두꺼운 구름 너머에서도 빛을 찾아내는 쾌활함

존슨에 의하면 우리는 나이를 더해감에 따라서 인간으로 성장해가는 것이며, 성격도 해를 거듭할수록 원만해져가는 것이라고 한다.

이는 18세기의 정치가였던 체스터필드의 견해와 같은 것으로 인간성을 밝은 눈으로 포착하고 있다. 이에 대하여 어떤 사람은 냉소적인 시선으로 인생을 바라보며 "나이를 먹으면 인간의 마음은 성장하기는 커녕 오히려 완고해져갈 뿐이다."라고 말한다.

하지만 인생을 넓은 시선으로 바라보고, 인생은 그 사람의 성격에 지배받는 것이라는 점을 고려한다면 두 사람의 말은 각각 진리에 닿아 있는 것이다. 순수한 인간은 경험을 비료로 자제심을 발휘하여 자기 단련을 거듭하면서 성장할 것이고, 비뚤어진 인간은 아무리 경험을 쌓아도 거기서 무엇인가를 얻기는커녕 더욱 비뚤어져 갈 것이기 때문이다.

월터 스콧은 "자만심이 섞이지 않은 웃음소리를 들려주게나."라는 말을 곧잘 하곤 했다. 그리고 자신은 대범하고 솔직하게 웃었다. 그는 누구에게나 친절한 말을 건넸으며 그가 보이는 따뜻한 배려는 산들바람처럼 퍼져 위대한 명성에서 느껴지기 쉬운 위압감이나 서먹함을 깨끗이 씻어버렸다.

멜로즈 수도원의 유적에서 일하는 한 관리인은 작가 워싱턴 어빙에 대해서 이렇게 말했다. "그 분은 종종 여러 친구들과 함께 이곳을 찾으셨습니다. 그때마다 '조니! 조니 바우어, 어디 있어?'라고 제 이름을 불렀기 때문에 그 분이 오셨다는 걸 바로 알 수 있었습니다. 제가 그 분에게로 가면 반드시 농담과 즐거운 이야기로 인사를 해주셨습니다. 마치 오랜 세월을 함께 한 아내처럼 내 옆에 서서 이야기하고 웃고……. 그 분의 높은 학문을 생각하면 도저히 믿기지 않는 일입니다."

평론가 시드니 스미스의 이야기 역시 명랑한 성격이 가진 힘을 보여주는 좋은 예이다. 그는 모든 일을 언제나 좋은 쪽으로 해석하려 했다. 모든 구름 너머에는 황금빛이 있다는 사실을 잘 알고 있었던 것이다. 지방의 부목사로 있을 때도, 교구의 사제로 있을 때도 언제나 인정 많고 근면하며 인내심 강한 모범적인 삶의 모습을 보였고, 인간미 넘치는 친절한 행위와 신사로서의 자부심을 일상생활의 모든 면에서 실제로 보여줬다.

그는 시간이 있을 때면 펜을 잡아 정의, 자유, 교육, 관용, 해방 등을 옹호하는 논문을 썼다. 그의 작품에는 상식과 밝은 유머가 곳곳에 배어 있지만 결코 통속적이지 않으며, 인기와 손익 같은 것은 염두에 두지도 않았다. 타고난 쾌활함과 체력 덕분에 평생 건전함을 잃지 않앗으며, 나이 들어 병으로 괴로워할 때도 친구에게 이런 글을 보냈다.

"관절염과 천식 외에도 7가지 정도의 병에 걸렸지만 그것 말고는 아주 건강하다."

끈기 있게 열심히 일하는 '천재'들

위대한 업적을 남긴 대부분의 과학자들은 끈기 있게 열심히 일한 사람들로 활달한 성격을 지니고 있었다. 갈릴레오, 데카르트, 뉴턴, 라플라스 등이 모두 그런 사람이었다. 그중 위대한 자연과학자이자 수학자인 오일러가 그 대표적인 예이다. 그는 인생의 마지막에 이르러서 시력을 완전히 잃었음에도 불구하고 예전 그대로 밝음을 잃지 않고 여러 가지 장치들을 사용하여 불굴의 정신으로 자신의 기억을 일깨우면서 집필에 몰두했다. 그에게 있어서 가장 커다란 즐거움은 손자들과 함께 보내는 시간들로 그는 바쁜 연구생활 속에서도 틈틈이 손자들의 공부를 봐주곤 했다.

『브리태니커 대백과사전』의 초대 편집장이었던 에든버러 대학의 로빈슨 교수도 통증을 수반한 오랜 병으로 더 이상 일을 할 수 없게 되자 손자와 시간을 보내며 휴식을 취했다고 한다.

수많은 발명을 한 기계기술자 제임스 와트에게 보낸 편지에서 그는 이렇게 말했다.

"이 조그만 영혼이 성장하는 모습을, 특히 지금까지 깨닫지 못했던 수많은 본능이 눈떠가는 모습을 가만히 관찰하는 것은 뭐라 표현할 수 없는 즐거움이다. 불안한 듯 보이는 몸동작, 변덕스러운 장난 하나 하나에서 찾아볼 수 있는 신의 조화에 내 눈을 돌릴 수 있도록 도와준 프랑스의 이론가들에게 감사한다. 이 모든 것이 이 아이의 생명을 지키고 성장시키는 힘이 되는 것이다. 유년기와 그 능력의 개발을 나의 유일한 연구과제로 삼을 시간이 남아 있지 않은 것이 참으로 한탄스럽다."

어떤 사람이라도 내 편으로 만들어버리는 '포용력'

포용력이 풍부하고 건전한 사람들은 모두 희망에 넘쳐 있음과 동시에 명랑하다. 그들이 보여준 본보기에는 전염력이 있어서 가까이 다가가서 그 영향을 받은 사람들을 밝게 만들고 그들에게 힘을 준다.

그 명랑함의 기초가 되는 것은 사랑과 희망과 인내력이다.

사랑은 사랑을 일깨우며, 자비를 낳는다. 사랑은 아끼지 않으며 부드럽고 성실하며, 선악을 구별해내는 것이다. 사랑은 모든 것을 밝게 하고 언제나 행복을 추구한다. 사랑은 밝은 사고를 기르며 명랑한 분위기 속에 깃들어 있다. 사랑은 무료지만 그 가치는 측량할 수가 없다. 사랑은 사랑을 가진 자를 축복하고 그렇지 않은 사람의 가슴에도 넘칠 정도의 행복이 자라도록 하기 때문이다. 사랑이 있으면 슬픔도 기쁨으로 연결되며 흐르는 눈물에서도 달콤한 이슬의 맛이 난다.

타인에 대한 배려는 그만큼 자신을 풍성하게 한다

철학자 벤담은, 인간은 타인에게 여러 가지 것들을 해줄수록 자신의 기쁨도 더욱 커지는 것이라는 신념을 품고 있었다. 배려는 또 다른 배려를 일깨우며, 아낌없이 사랑을 나눠주면 그만큼 자신도 행복해지게 된다.

친절한 말을 건네는 것은 차가운 말을 건네는 것과 마찬가지로 금전 한 푼 안 드는 일이다. 다정한 말은 그 말을 듣는 사람뿐만 아니라 말 하는 본인까지도 친절하게 행동하도록 만드는 법이다. 그 자리에서만 친절을 베푸는 것이 아니라 언제나 상대방의 입장에 서서 생각하는 것이 사람들 간의 사귐이라고 말할 수 있을 것이다.

　아무리 노력해도 자신의 선의가 상대방에게 아무런 도움도 주지 못 하는 경우도 실제로 존재한다. 하지만 설령 그렇다 할지라도 사려 깊 고 분별 있게 행동한다면 노력한 자신을 위한 행동은 될 것이다.

　호의에 넘친 행동이 헛수고로 끝나 보답을 받지 못하는 경우도 있 다. 하지만 설사 상대방에게 감사를 받지 못한다 할지라도 자신의 행 위를 평가하는 마음까지 잃게 되는 것은 아니다. 자신이 뿌린 선의의 씨앗 중 몇몇은 반드시 비옥한 땅에 떨어져 타인의 마음에 사랑의 정 신을 싹트게 할 것임에 틀림없다. 그리고 그 싹은 곧 성장하여 어느 가지에나 행복이라는 과실을 맺게 할 것이다.

　주위의 모든 사람이 귀여워하는 한 소녀에게 어떤 사람이 "너는 어 째서 모든 사람에게 그렇게 사랑받는 거지?"라고 물었다. 그러자 소 녀는 "틀림없이 내가 모든 사람을 사랑하기 때문일 거예요."라고 대 답했다.

　이 얘기는 어떤 경우에도 적용되는 말이다. 일반적으로 말해서 인 간인 우리들의 행복은 자신이 사랑하고 있는 것들의 숫자, 혹은 자신 을 사랑하고 있는 것들의 숫자에 의해서 결정되는 경우가 많기 때문이다. 사회적으로 크게 출세했다 할지라도 모든 사람에 대한 따뜻한 사랑이 없다면 결코 행복하다고는 말할 수 없을 것이다.

친절은 메아리처럼 울려 퍼진다

친절한 마음은 위대한 힘이다.

시인 리 헌트는 "힘 그 자체에는 부드러움의 절반 정도 되는 위력밖에 없다."고 말했는데 인간은 힘이 아닌 애정에 의해서 지배되는 존재이다. 영국에도 '말벌은 식초보다 꿀로 잡아야 한다.' 는 속담이 있다.

친절이란 딱히 타인에게 물건을 베푸는 것이 아니라 넓은 마음과 부드러움을 의미하는 것이다. 지갑 속의 돈을 베풀면서도 마음속의 친절함은 꺼내지 않는 사람들이 있다. 돈을 베푸는 형태로 나타내는 친절에는 그다지 커다란 가치는 없으며, 오히려 해를 부르는 경우도 있다. 하지만 진심으로 상대방을 도와야겠다는 마음에서 나온 친절은 반드시 유익한 결과를 낳는 법이다.

친절한 행동으로 나타난 좋은 성품을 우유부단함이나 어수룩한 성격과 혼돈해서는 안 된다. 친절한 행동이란 단순히 수동적인 행동이 아니라 사람을 능동적으로 움직이게 하는 것이다.

또한 친절한 행위는 서로 공명하는 법이다. 참된 친절은 현실적인 이익을 가져다주는 모든 도리에 합당한 방법을 낳는 법이다. 그리고 미래로 시선을 돌린다면 같은 정신이 인류의 진보와 행복을 위해서 끊임없이 작용하고 있다는 사실을 깨닫게 될 것이다.

마음의 '창'을 닫아서는 안 된다

이기주의, 회의주의, 자기중심적 사고는 전부 귀찮은 짐과 같은 것으로 특히 젊은 시절에 이런 경향을 보인다면 그것은 정상이 아니다.

이기주의자는 광신도와 거의 다를 바가 없다. 늘 자신에 대해서만 생각할 뿐 타인을 돌아볼 여유가 없다. 무슨 일에서나 자신의 의견이 가장 중요하며 자신을 중심으로 생각하기 때문에 결국에는 조그만 자아가 자신의 신이 되어버리는 것이다.

운명을 저주하는 사람에게는 아무도 관심을 기울이지 않는다

가장 다루기 힘든 사람은 '무슨 일을 해도 안 된다.' 며 사태를 개선하려 들지 않고 '어디를 가나 전부 불모지뿐' 이라며 제 멋대로 결론 짓고 자신의 운명을 저주하며 불평불만을 늘어놓는 무리들이다. 그들은 사회에 거의 아무런 도움도 되지 않는다.

그다지 근면하지 못한 사람들은 무슨 꼬투리를 잡아서라도 불평불만만을 토로하려 드는 법이다. 톱니바퀴 중에서도 가장 움직임이 좋지 않은 것은 삐걱삐걱 소리를 내는 톱니바퀴이다.

고질적으로 불만을 늘어놓으면 결국에는 그것이 병적인 상태로까지 발전해버리는 경우도 있다. 황달에 걸린 환자에게는 주위의 모든 것이 누런색으로 보이는 것처럼 마음이 비뚤어진 사람은 비뚤어진 생각밖에 할 수 없기 때문에 세상이 미쳐버린 것처럼 보인다. 하지만 이 모든 것은 그 사람의 마음이 공허하고 번뇌에 빠져 있기 때문이다.

한편 '병을 즐기고 있다.'는 말을 듣는 사람들도 있다. 늘 '나의 두통', '나의 요통'에 대한 이야기를 하는 동안 자신도 모르게 그것이 소중한 보물처럼 여겨지게 되는 것이다.

하지만 그것은 틀림없이 사람들로부터 동정을 사기 위한 제스처일 것이다. 그 사회에서 자신은 아주 하찮은 존재로 그렇게라도 하지 않으면 아무도 관심을 가져주지 않는다는 사실을 자각하고 있기 때문이다.

자신의 '망상'에 사로잡혀 있지는 않은가?

아주 사소한 고민이라도 주의를 기울여 대해야만 한다. 조그만 일을 계기로 그것이 과장되어 아주 커다란 재난을 만난 것처럼 생각되기 쉽기 때문이다.

솔직히 말해서 세상에서 일어나는 재난의 근원을 살펴보면 제멋대로 생각해낸 사소한 걱정이나 하찮은 고통에 원인이 있는 경우가 많다. 깊은 슬픔 앞에서 사소한 고민은 사라져버린다. 하지만 우리는 자칫 자신이 비참하다는 생각에 빠져들고 마음속에서 그 생각을 키우게 되어버리기 쉽다.

하지만 그것의 대부분은 공상의 산물이며 손이 닿는 곳에 고민을 행복으로 바꿔줄 수단이 있다는 사실을 잊고 이 공상의 산물이 제멋대로 날뛰는 것을 가만히 지켜보기만 하는 경우가 많다. 명랑하고 밝은 세계로 통하는 문을 닫아버린 채 음울하고 어두운 공기로 몸을 감싸버리는 것이다.

이런 습관은 인생을 왜곡시키고 퇴색시켜 우리를 점점 불만투성이의 까다롭고 인정 없는 인간으로 바꿔버린다. 입만 열었다 하면 우는 소리, 타인에 대해서는 피도 눈물도 없으며, 협조 정신이 부족하고 심지어 다른 사람도 모두 그럴 것이라고 생각한다. 가슴 속에는 아픔과 고통이 가득 차 있기 때문에 타인뿐만 아니라 자신조차도 그것 때문에 숨이 막혀 꼼짝도 할 수 없게 된다.

이런 성격은 그 사람이 이기적일수록 더욱 강하게 나타나는 법이다. 아니, 그 대부분이 이기적이며 주위 사람들에 대한 동정이나 배려의 감정은 전혀 가지고 있지 않다. 이는 고집스러움이 잘못된 방향으로 표출된 것일 뿐, 마음먹기에 따라서는 그렇게 되지 않을 수도 있는 것이다.

알렉산더 대왕이 가장 소중히 여겼던 '재산'

언제나 밝은 마음을 갖는 것, 미래에 대한 희망을 가슴에 품는 것은 한편으론 인내하는 것이기도 하다. 이는 인생에 행복과 성공을 가져다주는 중요한 열쇠 중 하나다.

철학자 탈레스가 "다른 것은 아무것도 가지고 있지 않다 하더라도 희망만은 누구나 가지고 있다."라고 말한 것처럼 희망을 가지고 있다는 것은 아주 중요한 일이다. 그리고 희망은 가난한 자를 구원하는 강력한 힘으로 '가난한 자들의 빵'이라고도 불려왔다.

미래에 대한 희망은 위대한 행위를 지탱해주며 용기를 불어넣어준다. 알렉산더 대왕이 마케도니아의 왕위를 계승했을 때, 그는 아버지께서 남겨주신 토지의 대부분을 친구들에게 나눠주었다. "왕은 수중에 무엇을 남기셨습니까?"라는 질문을 받자 알렉산더는 "이 세상에서 가장 커다란, 희망이라는 이름의 재산이다!"라고 대답했다고 한다.

유산으로 남겨준 재산이 제 아무리 막대한 것이라 할지라도 희망이 주는 재산에 비하면 참으로 하찮은 것에 지나지 않는다. 미래에 대한 희망이 없다면 인간은 온갖 시련에 당당히 맞설 수 없기 때문이다.

세상을 움직이는 데 있어 가장 중요한 것은 바로 정신력이라고 말할 수 있을 것이다. 그리고 모든 힘을 아우를 수 있는 것은 바로 이 '희망이라는 위대한 것'이다.

바이런은 이렇게 외쳤다.

"희망이 없는 미래는 어디에 있는 것일까? 바로 지옥이다. 현재는 어디에 있는가 묻는 것은 어리석은 질문이다. 우리는 모두 그것이 어디에 있는지를 잘 알고 있으니. 과거는 어떤가? 꺾여버린 희망이다. 따라서 그곳이 어디든 인간사회에 필요한 것은 희망, 희망, 희망인 것이다."

CHAPTER

2

사명감에 불탄다!

언 제 나 자 신 에 게 자 부 심 을 가 질 수 있 을 만 한 삶 을 살 고 있 는 가 ?

'저 사람은 신뢰해도 좋을 사람이다. 그가 안다고 말한 것은 정말로 알고 있는 것이며, 무엇인가를 한다고 하면

반드시 그대로 실행한다.'고 세상 사람들에게 인정받았다면 그 사람은 이미 없어서는 안 될 존재가 된 것이다.

이렇듯 신뢰는 사람들의 존경과 신용을 얻기 위한 열쇠가 되는 것이다.

'인생의 원동력'을 찾아라

사람을 움직이는 가장 큰 '원동력' 중 하나가 인격이다. 고결한 인격에는 인간으로서 갖춰야 할 이상적인 모습이 담겨 있다. 그 사람이 최선을 다해서 살아가고 있기 때문이다.

어디에 있는 누구라 할지라도 근면함, 청렴결백함, 고매한 뜻, 견실한 주의와 사상 등 뛰어난 자질을 가진 사람은 자신도 모르는 사이에 주위 사람들의 존경을 받게 되는 법이다. 우리가 이런 인물의 말을 믿고, 인격을 신뢰하고, 나아가서는 본받으려 하는 것은 매우 당연한 일일 것이다. 세상에 존재하는 온갖 선은 모두 그들에 의해서 고양되는 법이다. 그런 인물을 만나지 못한다면 인생은 살 만한 가치가 없는 것이 되어버릴 것이다.

비범한 재능은 언제나 칭찬의 대상이 되지만 무엇에도 뒤지지 않는 뛰어난 인격은 존경심을 불러일으킨다. 굳이 말하자면 전자는 지적인 힘의 산물이지만, 후자는 정신적인 힘에 의한 부분이 크다. 긴 안목으로 보자면 인생을 좌우하는 것은 바로 정신적인 면이다.

천재는 뛰어난 지능을 무기로 사회와 관계를 맺는다. 하지만 인격이 있는 사람은 양심을 무기로 삼는다. 세상 사람들은, 천재에게는 칭찬의 시선을 보내지만 인격이 뛰어난 사람의 삶은 배우려 노력한다.

인생이란, 수많은 평범한 의무를 수행하는 것

위대한 인물은 모두 예외적인 존재이다. 위대함 자체는 상대적인 것에 지나지 않는다. 대부분의 사람들은 활동 범위가 한정되어 있기 때문에 위대한 인물이 될 기회를 거의 얻지 못한다. 하지만 자신에게 주어진 역할에 최선을 다하고 그것을 멋지게 수행하는 것은 누구에게나 가능한 일이다. 자신에게 주어진 재능을 함부로 사용하지 말고 유효하게 도움이 되도록 사용하는 것이다.

충실한 삶을 살아가기 위해 노력을 아끼지 않고, 어떤 사소한 일이라도 진심으로 대하고, 정직하고 성실하게 겸허함을 잃지 않고 살아가는 것은 누구에게나 가능한 일이다. 다시 말하자면 각자에게 주어진 환경 속에서 각각의 임무를 수행하는 것은 누구에게나 가능한 일이다.

평범한 말일지도 모르겠지만 자신의 임무를 수행하는 것이야말로 삶과 인격을 가장 높은 차원에서 구체적으로 표현하는 것이다. 거기에 영웅적인 화려함은 없을지도 모른다. 하지만 일반적으로 대다수의 사람은 평범한 일상을 보내고 있는 법이다. 주어진 임무를 받아들이겠다는 의식은 의욕을 향상시켜줌과 동시에 나날의 생활에서 일어나는 일상적인 일들을 처리하는 데 커다란 힘이 되어준다.

인생의 중심은 수많은 평범한 의무를 수행하는 데 있다. 미덕 중에서도 가장 영향력이 있는 것은 일상생활에 필요한 종류의 것들이다. 그러한 미덕에는 무엇에도 뒤지지 않는 가치가 있으며, 계속성이 있다.

일반인의 기준과는 멀리 떨어져 있는 화려한 미덕은 유혹과 위험의 근원이 될 뿐이다.

"화려한 미덕에 기반을 두고 있는 사람은 반드시 타락이나 나약함을 지니고 있는 법이다."

정치가 버크의 이 말은 참으로 정곡을 찌르는 말이다.

사람을 판단할 때 작가, 강연자, 정치가 등과 같은 '사회적 입장'을 기준으로 하기보다는 가장 친근한 사람에게 취하는 태도나, 조그맣고 평범하게 보이는 일상생활의 의무 등에 그 사람이 어떤 식으로 대처하는가를 기준으로 삼는 편이 훨씬 더 정확한 답을 얻어낼 수 있을 것이다.

이와 같은 의무에 대한 관념은 대부분의 경우 아주 평범한 인간의 일상생활에서 일어나는 일을 처리할 때 필요한 것이다. 그와 동시에 아주 뛰어난 인격을 가진 사람을 지탱해주는 힘이 되어주기도 한다. 그들은 재산도, 토지도, 교양도, 권력도 가지고 있지 않지만 강한 의지와 성실하고, 정직하고, 의무에 충실한 풍부한 마음을 가지고 있다.

자신에게 주어진 의무를 충실하게 수행하려 노력하는 사람들은 모두 주어진 인생의 목적을 완수하여 인간다운 인격을 구축할 수가 있다. 뛰어난 인격 이외에는 아무것도 가진 것이 없음에도 불구하고 머리에 관을 쓴 왕에게도 뒤지지 않을 만큼 강력하게 세상에 군림했던 인물도 결코 적지 않다.

어설픈 학문·교양은 '성실함'을 이길 수 없다

지적 교양이 인격의 순수함이나 훌륭함과 반드시 관계가 있는 것은 아니다. 신약성경의 곳곳에서 사람의 마음과 '영혼'에 호소하는 부분을 찾아볼 수가 있다. 하지만 지성에 호소하는 부분은 극히 드물다.

조지 허버트는 "한 줌의 신앙심은 산과 같은 분량의 학문에 필적한다."고 말했다.

학문을 경멸하는 것이 아니다. 제 아무리 학문이 뛰어나다 할지라도 도덕적 선이 없으면 아무런 의미가 없다는 말이다. 지위가 있는 자는 학문의 노예로 전락하고, 지위가 없는 자는 오만한 태도를 취하는 것처럼 지성이 도덕적으로 가장 비열한 인격과 손을 잡게 되는 예를 때때로 볼 수 있는 법이다. 미술, 문학, 과학 등의 분야에서는 성공을 거뒀지만 성실함, 미덕, 의무감, 정직함이라는 면에서는 떨어지는 사람들을 얼마든지 볼 수 있다.

월터 스콧이 참석하던 한 강연회 석상에서 어떤 사람이 "문학적 재능과 업적이 무엇보다도 높은 평가를 얻고 칭찬을 들어야만 한다."는 내용의 의견을 발표한 적이 있었다. 그러자 스콧이 다음과 같은 내용의 반론을 펼쳤다.

"말도 안 되는 소리다! 만약 지금의 그 생각이 진리라고 한다면 이 세상은 그 얼마나 빈약한 것이 되겠는가? 나는 많은 책을 읽었으며 현대의 유명한 교양인의 설들에도 귀를 기울였고 그들과 대화를 나눈 적도 있었다. 하지만 나는 당신이 이 사실을 확실하게 알아두었으면

한다. 나는 성경에 나오는 그 어떤 말보다도 마음에 와 닿는 말을 학문이 없는 가난한 사람의 입을 통해서 들었다. 괴로움과 갈등에 시달리면서도 조용한 용기로 넘쳐나는 영혼이 얼굴을 내밀 때, 주위에 있는 수많은 친구나 이웃에 대해서 소박한 의견을 말할 때 그 말 하나하나에 감명을 받는다. 마음을 풍성하게 기르는 것에 비하면 그 외의 것들은 전부 하찮은 것에 지나지 않는다는 사실을 자각하지 않으면 안 된다.”

인격을 높이는 데 부는 더욱 필요 없는 것이다. 아니 오히려 인격을 곡해하고 타락시키는 원인이 되는 경우가 많다.

부와 타락, 사치와 악덕 이들은 서로 밀접한 관계에 있다. 목적의식이 뚜렷하지 못한 사람, 충분한 자제심을 가지고 있지 못한 사람, 감정에 따라 행동하는 사람이 부를 손에 넣으면 그것은 유혹의 덫이 되어버린다. 즉, 자신은 물론 타인에게도 악영향을 미치는 원인이 될 위험이 있는 것이다.

인격은 재산이다. 그것도 가장 고상한 재산이다. 보편적인 선의와 사람들의 존경에 둘러싸인 자신만의 소유지이다. 여기에 투자하려는 사람은 이른바 이익이라는 것은 얻을 수 없을지 몰라도 존경이라는 보수는 정당한 수단으로 틀림없이 얻을 수 있을 것이다.

세상 사람들에게 가장 효과적으로 영향을 준다는 점에서 근면, 선량, 미덕 등과 같은 뛰어난 자질을 갖춘 인물이 누구보다도 가장 뛰어나다고 할 수 있을 것이다.

언제나 기가 죽지 않는 에픽테토스식 '절대행복'

우리는 모두 진지한 인생의 목적을 가지고 있다. 만약 그 목적이 자신의 확실한 자각에 바탕을 둔 올바른 규율 위에 세워진 것이라면 평생에 걸쳐서 커다란 도움이 될 것이다. 인생의 목적을 가짐으로 해서 우리는 올바른 길을 걷게 되며, 힘을 부여받고, 왕성한 행동력을 보일 수 있게 된다.

"우리 모두가 부자나 위대한 인물이 되고, 높은 수준의 교육을 받을 필요는 없다. 그러나 성실하게 살아갈 의무는 누구에게나 있다."

벤자민 루드야드는 이렇게 말했다.

하지만 성실함과 동시에 확고한 신념을 길잡이로 삼고, 진리와 고결함과 올바름을 언제까지나 잊지 말고 목적을 달성해야만 한다. 신념이 없는 사람은 바람이 불어오는 대로 파도 위를 떠다니는, 방향키도 나침반도 없는 배와 같은 것이다. 법률과 규칙, 질서, 분별이 없는 것과 마찬가지다.

그리스의 철학자 에픽테토스가 하루는 로마로 향해 가는 유명한 웅변가의 방문을 받았다.

스토아 학파의 철학에 대한 가르침을 청하러 간다는 것이다. 에픽테토스는 애초부터 이 남자의 겸손한 태도를 믿지 않고 차가운 어조로 이렇게 말했다.

"자네는 진심으로 가르침을 청하러 온 게 아니라 내 삶의 결점을 찾으러 온 것이 아닌가?"

"글쎄요. 하지만 당신처럼 살았다가는 식기도 마차도 토지도 없는 그저 가난한 사람이 되어버릴 겁니다."

그 말을 들은 에픽테토스가 이렇게 말했다.

"나는 그런 물건을 갖고 싶다고 생각해본 적은 단 한 번도 없었네. 하지만 자네는 지금도 나보다 더 가난한 삶을 살고 있어. 후원자가 있든 말든 그게 뭐 그리 대단하다는 거지? 자네에게는 그것이 커다란 문제일지 모르지만 나는 자네보다도 훨씬 더 풍성한 삶을 살고 있네. 시저가 나를 어떻게 생각하든 그건 내 알 바가 아닐세. 나는 누구에게도 아부를 떨 마음은 없어. 자네가 가지고 있는 금이나 은식기보다도 더 훌륭한 재산을 나는 가지고 있네. 내게 있어서 정신은 왕국일세. 그리고 그것은 자네의 구제할 길 없는 게으른 버릇 대신 풍성하고 행복한 일을 가져다주네. 자네는 전 재산을 끌어 모아도 아직 부족하다고 여기겠지만, 나는 지금 이대로 충분하네. 자네의 욕망에는 끝이 없지만, 내 욕망은 언제나 충족되어 있네."

인생에서 통하는 '열쇠'를 가져라

뛰어난 재능은 어디에서나 흔히 볼 수 있는 것이 아니다. 천재도 마찬가지다.

그렇다면 재능을 믿어도 되는 것일까? 천재는 정직하지 못하다면, 즉 진심이 없다면 믿을 만한 가치가 없는 것이다.

진심이야말로 사람들의 존경심을 불러일으키고 신용을 얻는 요인인 것이다. 진심은 인간이 가질 수 있는 모든 훌륭함의 기초가 되는 것이다.

그것은 그 사람의 행동에 자연스럽게 묻어난다. 공평하고 겉과 속이 똑같은 행동이나, 언어와 동작 하나하나에서 빛을 발한다. 진심은 신뢰를 의미하기 때문에 '저 사람은 믿어도 된다.'는 확신을 품게 한다.

'저 사람은 신뢰해도 좋은 사람이다. 그가 안다고 말한 것은 정말로 알고 있는 것이며 무엇인가를 한다고 하면 반드시 그대로 실행한다.'고 세상 사람들에게 인정받았다면 그 사람은 이미 세상 사람들에게 없어서는 안 될 존재가 된 것이다. 이렇듯 신뢰는 사람들의 존경과 신용을 얻기 위한 열쇠가 되는 것이다.

'양식(良識)'보다 뛰어난 지혜는 없다

우리의 삶에서 일어나는 여러 가지 일이나 직업에 있어서 지성은 인격만큼 도움이 되지 않으며, 두뇌는 마음만큼 효과적으로 작용하지 않는다. 비범한 재능이라 할지라도 자제심과 인내, 공평한 판단에 입각한 신념을 이길 수는 없다.

개인의 생활, 혹은 사회에서의 생활을 원활하게 보내기 위한 방법 중에서도 공평함에 인도받은 양식을 몸에 지니는 것은 가장 커다란 도움이 되는 방법이다. 경험에 의해 자라고, 선의에서 나온 양식은 실제적인 지혜가 되어 나타난다.

지적인 재능을 최대한으로 발휘하여 타인에게 커다란 감동을 주는 사람을 흔히 찾아볼 수 있다. 그것은 다음과 같은 현명한 억제력이 발휘되고 있기 때문이다. 그들은 표면에는 나타나지 않는 어떤 잠재적인 힘, 즉 억제력에 따라 행동하고 있는 것으로 보인다. 그들의 목적에는 사심이 없으며 결백하고 타인에게 자신의 생각을 억지로 고집하지 않는다.

뛰어난 인격을 가진 사람이 명성을 획득하기까지는 시간이 필요할지도 모른다.

하지만 그 진가는 숨기려 해도 숨길 수가 없다. 때로는 제삼자에 의해서 잘못 평가되기도 하고 역경에 내몰릴 때도 있을 것이다. 하지만 인내와 노력으로 결국에는 사람들의 존경심을 불러일으키고 그에 대한 당연한 결과로 신망을 얻게 될 날이 올 것이다.

삶이란 끊임없이 계속해서 노력하는 것

그 정도에는 차이가 있겠지만, 각 사람들이 규제하고 컨트롤 하고 있는 여러 가지 조그만 일이 모여서 인격이 형성되어 가는 것이다.

좋은 것이든 나쁜 것이든 인격의 영향을 받지 않고 하루하루를 살아갈 수는 없다. 실처럼 가느다란 머리카락이라도 그림자를 만드는 것처럼 제 아무리 사소한 일이라 할지라도 행동은 반드시 결과를 낳는다.

행동, 사고, 감정은 모두 그 사람의 성격이나 습관, 판단력을 기르는 데 도움이 된다. 그리고 앞으로의 인생에서 모든 행동에 피할 수 없는 영향을 준다. 이처럼 인격은 좋은 쪽으로든 나쁜 쪽으로든 끊임없이 변화하며 성장한다. 향상하는 면이 있는가 하면 타락하는 면도 있다.

작용과 반작용이라는 역학의 법칙은 도덕에도 그대로 적용된다. 선행은 그것을 행한 사람에게 작용하기도 하고 반작용하기도 한다. 악행도 역시 마찬가지다. 그것뿐만이 아니다. 본보기를 보인 사람에게도 어떤 영향력을 행사한다.

하지만 인간은 환경의 창조주도 아니고 그렇다고 해서 노예도 아니다. 자신의 자유로운 의지로 악보다는 선을 낳는 행동을 할 수가 있다.

어떤 성직자는 "자기 자신보다 더 자신에게 상처를 주는 것은 없다. 계속해서 방치해둔 결점은 몸에 배어버린다. 자신의 결점 때문에 고민하는 것보다 더욱 심각한 고민은 이 세상에 없을 것이다."라고 말했다.

어쨌든 노력 없이는 최고의 인격을 만들 수 없다. 끊임없이 자신을 되돌아보고, 자기 수양을 게을리해서는 안 되며, 자제심을 발휘하지 않으면 안 된다. 망설이고, 넘어지고, 혹은 일시적으로 실패하는 경우도 있을 것이다. 수많은 장애와 유혹에 과감하게 맞서 그것들을 극복해야만 한다.

뜻을 굽히지 않는 마음과 고결한 정신이 있으면 마지막에는 결국 승리를 거둘 것이다. 지금보다 더 높은 인격을 얻기 위한 노력, 진보·향상을 위한 노력 그 자체가 우리에게 힘을 주고 격려가 되어준다.

자신을 인도해줄 위대한 인물을 본보기로 삼는 것은 좋은 일이지만, 그처럼 이상적인 인간상을 그저 용인하는 것만으로는 부족하며 자신도 역시 그와 같은 높이에 도달하려 노력해야 할 것이다.

물질적이 아닌 정신적으로 풍요로워지고, 세상적인 명성이 아닌 참된 명예를 얻고, 학문을 쌓기보다는 덕이 있는 인간이 되고, 권력을 믿고 권위를 휘두르기보다는 정직하고 성실하며 고결한 인격을 갖춘 사람이 될 것을 목표로 삼아야 한다.

인격은 그 사람의 행동에 자연스럽게 배어나온다. 그리고 신념과 고결함, 실제로 도움이 되는 지혜에 의해서 고양된다. 이상적인 것은 인격이 종교, 도덕, 이성의 영향으로 생생하게 활동하는 개인의 의지 그 자체가 될 때이다.

신중하게 나아갈 길을 선택하고, 명성보다는 의무를 중히 여기며, 세상의 평판에 좌우되지 않고, 양심이 명하는 대로 행동하며, 끊임없이 그 길을 추구해야 한다. 타인의 개성을 존중함과 동시에 자기 자신의 존재와 자립을 지켜야 한다.

그리고 누구에게나 가능한 것은 아니지만 도덕심을 관철시킬 용기를 갖고 시대의 흐름과 선조들의 지혜와 경험을 냉정하게 믿어야만 할 것이다.

인생이라는 '물레방아'를 유효하게 돌리는 힘

인격형성 과정에서 우리는 훌륭한 본보기로부터 강한 영향을 받는다. 하지만 자신의 정신에서 솟아나오는 지구력은 그 무엇보다도 소중한 것이다. 이 힘이야말로 우리에게 자립정신과 활력을 주며 무엇에도 굴하지 않고 인생을 걸어갈 수 있도록 해주는 것이기 때문이다.

"언제나 자신을 지금보다 더 높이려 하지 않는 인간만큼 가난한 인간도 없다."고 엘리자베스 왕조의 시인 다니엘이 말했다.

인격의 뿌리가 되는 의지의 힘과 그 줄기인 지혜. 실제로 도움이 되는 이 두 가지 힘을 어느 정도 가지고 있지 못하면 인생은 애매모호한 것이 되어 무엇을 위해 살아가는지도 알 수 없게 된다. 물레방아를 돌리며 유효하게 흐르는 강물이 아니라 그저 고여 있는 웅덩이의 물과 같이 되어버리고 마는 것이다.

확고한 의지를 가지고 높은 목적을 향해서 인격이 작동을 시작할 때, 사람은 의무의 관념에 눈을 뜨고 어떤 희생을 치르고서라도 용감하게 그 목적을 수행해야겠다고 마음먹게 되는 법이다. 그 순간이야말로 인생을 참으로 맛본 순간이라고 말할 수 있을 것이다. 그리고 인간다운 인간의 이상적인 모습으로 당당하게 자신의 인격을 세상에 보일 수 있는 것이다.

이와 같은 인물의 행동은 타인의 인생과 삶 속에서 끊임없이 되풀이 된다. 입에서 나온 말 자체가 살아 숨쉬는 행동이 된다. 그렇기 때문에 루터의 모든 말은 트럼펫의 울림처럼 독일 전체에 울려 퍼진 것이다.

독일의 정치가인 리히터의 말처럼 "루터의 말이 존재하는 것만으로도 싸움에서 승리한 것이나 다름없는 것"이다. 루터의 삶은 조국의 구석구석에까지 침투하였으며, 오늘날까지도 독일인의 국민성 속에서 생생하게 살아 숨쉬고 있다.

청렴결백하고 선량한 마음이 없으면 제 아무리 활력에 넘쳐난다 할지라도 그것은 재앙의 근원이 될 뿐이다. 그런 타입의 인간들에게서는, 인간이 측량할 수 없는 신의 뜻으로 지구를 멸망시키기 위해 선택한 악한들이나 세계를 짓밟은 야만스러운 정복자들의 모습을 찾아볼 수 있다.

이와 정반대되는 것은 숭고한 정신의 인도를 받은, 에너지에 넘치는 인격자들이다. 그들은 일에서나 사회적인 행동에서나 공평한 판단력을 가지고 있으며 의무를 가장 중요하게 여겨야 한다는 원칙에 따라서 행동한다.

또한 가정생활이라는 면에서도 거짓 없는 결벽을 보인다. 가정에 있어서도 한 나라를 다스릴 때처럼 언제나 정의가 기본이 된다. 말과 일을 포함한 모든 면에서 성실함을 보인다. 자신보다 약한 자에게는 물론 반대하는 자들에게까지 관대하며 그들을 배려한다.

정치에도 관여했던 극작가 셰리단은 앞을 내다보는 힘은 부족했지만 넓은 마음을 가지고 있었기 때문에 남에게 상처를 준 적은 단 한 번도 없었다. 다음의 말은 그를 아주 정확하게 평가하고 있다.

"논쟁 중에 그가 보여주는 위트는 날카롭게 파고들지만 온화하며, 그 칼끝에는 언제나 따뜻한 마음이 숨겨져 있었다."

정치가인 폭스도 그와 같은 인격을 가진 사람이었다. 언제나 변함없는 그의 진심과 호의가 사람들의 호감을 불러일으켰으며, 존경심을 품게 했다. 타인의 명예에 관계된 일이라면 그는 언제나 바로 마음을 움직였다. 한 번은 이런 일이 있었다.

어느 날 한 상인이 찾아와 약속어음을 보이며 지불할 것을 요구했다. 그때 마침 폭스는 돈을 계산하고 있었기 때문에 상인은 그 중에서 돈을 줄 수 없겠냐고 물었다. 그러자 폭스는 이렇게 대답했다.

"아니, 그럴 수는 없네. 나는 명예를 담보로 이 돈을 셰리단에게서 빌렸네. 만약 내가 이 돈을 돌려주지 않으면 그의 명예는 땅에 떨어지고 말 거야."

이 말을 들은 상인이 어음을 찢으며 말했다.

"알겠습니다. 그렇다면 저도 명예를 걸겠습니다."

그의 이런 태도에는 폭스도 머리를 들지 못했다. 자신을 신용해준

상인에게 감사의 말을 건넨 뒤 돈을 지불하며 말했다.

"셰리단은 나중이야. 자네에게 우선권이 있으니."

나이를 먹어감에 따라서 '마음에 힘이 넘쳐나는 삶'

인격자는 양심적이다. 자신의 양심에 따라서 일하고, 이야기하고, 행동한다.

또한 인격자는 경건한 마음을 가진 사람이기도 하다. 이런 자질을 갖춘 사람은 남녀를 불문하고 매우 기품 있으며 숭고한 인간상을 형성한다.

그들은 시대와 함께 전해 내려온 것들, 즉 높은 이상, 순수한 사상, 높은 목적, 과거의 위대한 인물, 그리고 고결한 마음을 가지고 일하는 동시대 사람들을 존경하는 마음을 가지고 있다.

경건한 마음은 개인이나 가정은 물론 국가의 행복을 위해서도 없어서는 안 될 중요한 것이다. 경건한 마음이 없으면 이 세상에는 신앙심도 존재하지 않을 것이다. 사람을 신뢰하고 신을 믿지도 못할 것이다. 사회의 평화와 진보도 기대할 수 없게 되어버린다. 경건한 마음은 사람과 사람을 연결하고, 우리와 신을 연결하는 고리인 종교 그 자체를 의미하기 때문이다.

시인인 토마스 오버베리는 이렇게 말했다.

"고상한 정신을 가진 자는 모든 일을 경험으로 바꿔버린다. 경험과 이성이 결합한 결과 행동이 태어난다. 그는 커다란 사랑의 힘에 의해 행동하는 것이다. 무엇인가를 기대하며 행동하는 것이 아니다. 명예를 중히 여기며 불명예를 수치스럽게 생각한다. 하나의 사고로 일관하기 때문에 언제나 변함없는 태도로 자신을 자제하며 행동한다. 자연이 준 최고의 선물이 이성이 아니라는 사실을 알면서도 그는 자신의 숙명을 조정할 수가 있다. 그에게 있어서 진리는 여신이며, 그는 진리를 탐구하기 위해 노력을 아끼지 않는다.

그는 태양과 같은 존재이다. 세상 사람들은 그의 결백함에 인도되어 올바른 길을 걷게 되는 것이다. 그는 현명한 자를 친구로 삼고, 중용을 지키며, 타락한 인간을 바로 세우는 약이 된다. 시간은 그와 함께 흐른다. 그에게 있어서 나이를 먹는다는 것은 육체적인 쇠약이 아니라 마음에 더욱 힘이 넘쳐나는 것을 느끼는 일이다. 이처럼 그는 아픔을 모르는 자, 족쇄를 풀고 감옥에서 구출해줄 자, 모든 사람의 친구로서 인정을 받게 되는 것이다."

왕성한 자립심과 사람을 매혹시키는 힘

활발한 의지의 힘, 즉 자연스럽게 솟아오르는 활력은 위대한 인격의 진수다. 그와 같은 활력이 있으면 삶은 활기 넘치는 것이 된다. 하지만 활력이 없으면 마음이 약해진다. 기력도 없이 인생에 실망하고 낙담하게 될 뿐이다.

'강한 의지를 가진 사람과 폭포는 나아가야 할 길을 스스로 개척한다.'는 격언이 있다.

고매한 정신을 가진, 활기에 넘치는 지도자는 자신의 길을 개척할 뿐만 아니라 타인에게도 같은 길을 걷게 한다.

그의 행동 하나하나에는 인격적인 가치가 있다. 활력과 자립심과 독립 · 독보의 정신이 은연중에 나타나기 때문에 늘 사람들의 존경심과 칭찬을 불러 모으며 그의 신봉자로 만들어버리는 것이다. 루터, 크롬웰, 워싱턴, 피트, 웰링턴을 비롯하여 위대한 지도자들에게는 모두 이처럼 사람을 끌어당기는 강한 인격이 있었다.

위대한 지도자는 자석이 철을 끌어당기는 것처럼 자신과 인격이 비슷한 사람을 잡아당기는 법이다.

예를 들어서 나폴레옹 전쟁에서 활약했던 존 무어는, 장교들 중에서도 네이피어 삼형제들에게 특별한 관심을 보였다. 네이피어 형제들도 그에 대한 보답으로 무어에게 강한 동경심을 품었다. 절도 있고 허심탄회한 무어의 태도와 용감함에 매료되었던 것이다. 그리하여 형제들은 '이 사람을 본보기로 삼아 행동하자. 가능하다면 어깨를 나란히 할 수 있는 위치에까지 오르고 싶다.'고 결심하게 되었다.

윌리엄 네이피어는 후에 외교관이 되었는데 그의 전기를 저술한 작가는 다음과 같이 기술했다.

'그들이 인격을 형성하는 데 있어서 무어는 커다란 영향을 주었다. 무어가 삼형제의 정신적·도덕적 소질을 바로 발견했다는 사실은 무어 자신이 상대방의 인격을 꿰뚫어볼 수 있는 날카로운 통찰력과 판단력을 가지고 있었다는 사실을 증명하는 것이다. 삼형제에게 있어서 그는 영웅과도 같은 위대한 인물이었던 것이다.'

힘이 넘치는 행동은 파도처럼 주위로 퍼져간다

활력이 넘치는 행동은 주위로 전염되어가는 법이다. 힘이 없는 사람은 용감한 인물을 보고 용기를 얻는다. 그리고 자연스럽게 그 인물을 보고 배워야겠다는 생각에 사로잡히게 된다.

스페인 남부에 위치한 베라라는 마을에서 전투를 벌어졌을 때의 일이다. 스페인군의 주력부대가 무너져 퇴각하기 시작했을 때, 하벨록이라는 젊은 장교가 무리의 앞으로 뛰어나왔다. 자신을 따르는 스페인 병사들에게 모자를 크게 흔들어 보이고는 말에 박차를 가해 프랑스군이 굳게 지키고 있는 요새의 벽을 뛰어넘어 맹렬하게 돌진해 들어갔다. 이것을 본 스페인군의 사기는 하늘을 찌를 듯 치솟았고 '용감한 남자의 뒤를 따르라!' 고 외치며 돌격을 개시했다. 그리고 눈 깜짝할 사이에 프랑스군을 물리치고 그들을 언덕 밑으로 몰아내었다.

일상생활에 있어서도 마찬가지다. 사람들은 덕 있는 위대한 인물을 흠모하여 그에게로 모여들기 마련이다. 그런 인물은 자신의 영향력이 미치는 범위에 있는 사람을 계발하며 그를 높이기도 한다. 그들은 살아 있는 자선활동의 중심이라고도 말할 수 있을 것이다.

활력 있는 정직한 사람을 책임감이 필요한 지위에 앉혀보면 좋을 것이다. 그 밑에서 일하는 사람들은 어느 틈엔가 자신들에게서도 의욕이 넘쳐나고 있다는 사실을 깨닫게 될 것이다. 채텀이 수상에 임명되었을 때는 관공서 구석구석에까지 그의 감화가 전달되었다. 넬슨 제독의 지휘 하에서 싸운 수군들은 자신들의 영웅인 넬슨의 용기를 함께 나눠가졌다.

워싱턴이 총사령관이 되었을 때, 사람들은 미국군의 힘이 예전의 두 배가 되었다고 느꼈다. 세월이 흘러 나이 든 워싱턴은 일선에서 물러나 마운트 버논에서 생활하고 있었다. 1798년, 프랑스가 미국에 대해 선전포고 할 기미를 보이기 시작했을 때, 당시 대통령이었던 애덤스는 워싱턴에게 편지를 보내 '만약 허락하신다면 우리는 각하의 성함을 꼭 사용하고 싶습니다. 몇 만 명의 장병보다 각하의 이름이 훨씬 더 커다란 효력을 발휘하기 때문입니다.' 라고 간원했다.

이 일화야말로 위대한 대통령인 워싱턴의 고결한 인격과 탁월한 능력이 미국인들에게 얼마나 높은 평가를 얻고 있었는가를 잘 보여주는 대목이라고 할 수 있을 것이다.

우리의 마음에 용기를 심어주는 '위대한 일생'

이 세상을 떠난 뒤에도 역사에 남을 만한 위업을 달성한 인물이 몇몇 있다. 예를 들자면 시저는 암살자들의 일격을 받고 쓰러져 바짝 마른 시체, 빛바랜 주검이 됐을 때 비로소 전에 없을 정도로 힘차게 숨을 쉬며 사람들에게 공포심을 심어주었다. 그의 나쁜 면은 잊혀지고 그는 미화되었다. 수많은 결점이 있었음에도 불구하고 인간미 넘치는 사람인 것처럼 평가되었던 것이다.

이와 같은 예는 역사나 우화에서도 찾아볼 수 있다. 위인의 생애는 인간의 활력을 칭송하는 불멸의 금자탑을 후세에 남긴다. 사람은 죽고 육체는 세상을 떠난다. 하지만 그의 사상과 행동은 살아남아 지워지지 않는 발자국을 후손에게 남긴다. 그 정신은 여러 가지 사상이나 의지로 모습을 바꿔가며 영원히 이 세상에서 살아간다. 즉, 결과적으로는 미래의 인격형성에 도움이 되는 것이다.

인류를 진보로 인도하는 참된 이정표는 이와 같이 가장 차원이 높고 올바른 길을 걸어가는 사람들이다. 그들은 나지막한 언덕 위에서 도덕의 세계를 비추는 등불과도 같다. 그들의 정신의 등불은 뒤따르는 세대를 향해서 끊임없이 빛을 발하고 있는 것이다.

위인을 숭배하고 존경하는 것은 아주 당연한 일이다. 그들은 조국을 신성한 것으로 존경하며, 자신과 동시대를 살아가고 있는 사람들 뿐만 아니라 후세 사람들까지도 향상시킨다. 그들이 보여준 뛰어난 모범은 공통의 유산으로 자손들에게 남겨지며, 훌륭한 행동과 사상은 인류에게 남겨진 가장 빛나는 보물이 된다. 그들은 도덕적인 규범을 중히 여기며 인격의 존엄성을 지킨다. 그리고 인생에 있어서 가장 가치 있는 본능과 전통으로 마음을 가득 채우며 과거와 현재를 연결하고 미래의 목적을 달성할 수 있도록 도와준다.

사상과 행동으로 구현된 인격은 결코 사라지지 않는다. 위대한 사상가의 독창적인 사고는 몇 세기에 걸쳐서 사람들의 가슴 속에 살아 숨쉬며, 언젠가는 일상생활의 습관으로 녹아든다. 마치 죽은 자가 이야기하는 것처럼 그 사상은 세월을 넘어 끝없이 전해져서 몇 천 년 뒤의 사람들에게도 영향을 준다.

모세, 플라톤, 소크라테스, 세네카, 에픽테토스는 지금도 무덤 속에서 우리들에게 이야기한다. 설령 그것이 다른 나라의 말로 고쳐지고, 어떤 시대에 전해진다 할지라도 그 사상은 사람들을 끌어당기고 인격을 좌우하는 힘을 가지고 있는 것이다.

언제나 자신에게 자부심을 느낄 수 있는 삶을 살고 있는가?

앞서 예로 든 워싱턴도 역시 미국의 보물로서 거울처럼 맑은 삶의 표본이 되었다. 성실하고, 청순하고, 깨끗하고, 높은 품격은 사후에도 변함없이 본보기가 되어 사람들의 가슴 속에 살아 있다.

특히 워싱턴은 다른 위대한 지도자들에게서 흔히 볼 수 있는 것처럼 뛰어난 지능이나 재능, 노련한 수완을 가지고 있었기 때문에 위대한 인물이 된 것이 아니었다. 그보다는 명예를 중히 여기는 고결하고 성실한 인품과 의무 수행에 충실했던 정신에 의한 부분이 컸다. 한마디로 표현하자면 참으로 고결한 인품에서 우러나온 위대함이었던 것이다.

국가에게 있어서 이런 사람은 무엇과도 바꿀 수 없는 생명력이다. 그들은 국가의 기개를 높이고, 향상시키며, 활기를 불어넣어주고, 정신을 고양시킨다. 본보기가 되기에 충분한, 유산으로 남겨진 그의 삶과 인격은 조국에 영광을 가져다준다.

한 유명한 작가는 이렇게 말했다.

'위대한 인물의 이름과 그에 대한 기억은 하늘이 국가에게 내린 선물이다. 국가는 미망인으로부터도, 파멸한 자로부터도, 금치산자, 아니 노예의 신분에 있는 자로부터도 이 신성한 유산 상속권을 앗아갈 수 없다. 나라 전체가 활기로 넘쳐나게 되면 국민의 기억 속에 죽은 영웅들의 모습이 되살아나 살아 있는 사람처럼 가만히 그들을 지켜보며 고개를 끄덕여주는 것이다.

이처럼 훌륭한 증인이 함께 하고 있는 국가는 결코 멸망하지 않는다. 생사와 관계없이 그들은 '이 땅의 소금'인 것이다. 예전에 그들이 보여줬던 행동은 자손들에게 이어져 시대와 상관없이 재현된다. 그들은 살아 있는 표본으로서 그것을 받아들이려는 자를 늘 격려하고 용기를 북돋워준다.'

행동은 '의지력'의 제일가는 증인이다

우리가 인간으로서의 의무를 다할 때면 양심의 목소리가 속삭인다. 제 아무리 뛰어난 이성이라 할지라도 양심의 규제와 컨트롤을 받지 않는다면 우리를 타락의 길로 인도하는 이정표밖에는 되지 않을 것이다.

양심은 사람을 자립시키며, 의지는 그 사람을 도덕적으로 곧게 키워준다. 양심이 올바른 행동과 사고, 신조, 삶 등 우리의 정신적인 면을 전부 지배하고, 그 강한 영향력이 있어야만 비로소 고결한 인격이 꽃을 피우게 되는 것이다. 양심은 결코 커다란 소리로 이야기하지 않기 때문에 의지의 힘이 활발하게 작용하지 않으면 그 목소리는 덧없이 사라져버리고 만다. 선과 악 어느 쪽을 택하든 그것은 의지의 자유지만 그 결단을 바로 행동에 옮기지 않으면 전혀 의미가 없는 것이 되어버리고 만다.

의무감이 강하고 어떤 행동을 해야만 하는지 확실하게 알고 있다면 그 사람은 양심에 의해 고양된 용기 있는 의지의 힘으로 자신의 길을 용감하게 나아가며, 어떤 반대나 역경을 만나더라도 목적을 달성할 수 있을 것이다. 가령 결과가 실패에 그쳤다 할지라도, 자신이 해야 할 일을 해냈다는 만족감만은 틀림없이 남을 것이다.

진지한 삶을 산다는 것은 정력적으로 행동한다는 말에 다름 아니다. 인생이란 씩씩하게 싸워야 할 전쟁터와 같은 것이다. 숭고하고 명예로운 결단에 고무되어 사람은 자신이 서 있는 곳을 지키고, 필요하다면 그곳에서 숨을 거둬야만 한다. 덴마크의 오래 전 영웅처럼 '강한 의지를 가지고 당당하게 맞서고, 의무를 다하기를 결코 두려워해서는 안 된다.'는 결의를 굳게 가질 필요가 있다.

저열한 욕망과 게으른 마음을 이기는 법

의무를 수행함에 있어서 장애가 되는 것은 주로 나약한 목적의식과 우유부단함이다. 한편에는 양심과 선악을 구별하는 능력이 있고, 반대편에는 게으른 마음, 이기심, 쾌락과 욕망을 좋아하는 마음이 있다.

마음이 약한 사람은 어느 쪽을 택해야 할지 몰라 한동안은 양쪽 사이를 오갈 것이다. 하지만 곧 의지의 힘이 작용하거나, 혹은 다른 이유로 균형이 깨져 어느 한 쪽으로 무너지기 시작할 것이다. 그리고 그런 수동적인 상태가 계속되면 이기심과 욕망이 가지고 있는 차원 낮은 영향력이 우위에 서고, 인간다움은 뒤로 물러나고, 개성은 빛이 바래고, 인격은 타락하여 결국에는 자신의 감정에만 맹종하는 노예로 전락해버리게 될 것이다.

양심이 명하는 대로 의지의 힘을 발휘하여 저속한 것으로 끌리려는 충동을 날려버리는 것은 도덕적 단련을 위한 중요한 기본 요소이자 이상적인 인격을 기르는 데 없어서는 안 될 요소다.

욕망과 싸워 천성적으로 타고난 이기심을 극복하기 위해서는 오랫동안 계속되는 단련을 견뎌내야만 한다. 하지만 의무를 다하는 일을 일단 한번 배우게 되면 습관이 되어 몸에 배기 때문에 이후부터는 크게 고통을 느끼지 않게 된다.

용감한 사람이란 확고한 신념을 바탕으로 자신의 의지를 발휘하여, 선행이 습관이 될 때까지 자신을 엄격하게 단련한 사람을 일컫는 말이다. 반대로 겁쟁이란 자신의 의지를 잠재운 채 욕망의 고삐를 느슨하게 쥔 탓으로 부도덕한 행위를 하는 습관이 몸에 배어 곧 쇠고랑에 묶여버린 것처럼 그 습관에 얽매여버리는 사람을 일컫는 말이다.

에픽테토스식 '완벽한 행복'을 손에 넣는 법

사람은 자신의 의지를 발휘해야만 목적의식을 강화할 수 있다. 똑바로 서 있고 싶으면 스스로 그렇게 하도록 노력해야만 한다. 타인의 도움을 빌려 언제까지고 서 있을 수는 없는 법이다.

사람은 자기 자신과 자신의 행동을 관리하는 주인이다. 스토아 학파의 철학자 에픽테토스는 수많은 명언을 남겼는데 그 중에 다음과 같은 것이 있다.

"우리는 인생에서의 역할 분담을 스스로 선택한 것이 아니며 그것은 우리가 어떻게 할 수 있는 것이 아니다. 우리에게 주어진 유일한 의무는 그 역할을 멋지게 연기하는 것뿐이다. 노예와 집정관 모두 똑같이 자유로워질 수 있다. 자유는 무엇보다도 존엄한 것이다. 자유에

비하면 다른 모든 것은 조그맣게 보이며 자유 옆에 늘어서면 모든 것이 무의미해져버린다. 자유만 있다면 다른 것은 아무 것도 필요 없으며, 자유가 없으면 모든 것이 불가능하다.

눈을 크게 뜨지 않고 부끄러움을 모르는 인간에게는 아무리 찾아 헤매도 행복을 발견하지 못할 것이라고 가르치는 것이 좋을 것이다. 힘이 세다고 해서 행복해지는 것이 아니며, 부도 행복을 가져다주지는 않는다. 권력도 행복과는 관계없다. 이들 조건이 전부 갖춰진다 해도 행복할 수는 없다.

행복은 우리 속에 있다. 참된 자유, 보잘것없는 공포심을 극복하는 힘, 그리고 완벽한 자제심이 있는 곳에 행복이 있다. 그리고 만족감과 평화를 맛볼 수 있는 능력이 있으면 빈곤과 병, 방랑의 생활 때문에 괴로움을 겪고 있어도, 아니 죽음의 그림자가 다가오는 고난의 순간에서도 사람은 행복을 느낄 수 있는 것이다."

이런 '사명감'이 사람을 크게 한다!

자신의 임무를 수행하게 하는 책임감은 용감한 사람을 지탱하는 힘이 되기도 한다.

그것은 그 사람을 올바른 길로 인도하고 힘을 부여한다.

기원전 1세기, 폭풍 속을 뚫고 로마를 향해 항해하려던 장군 폼페이우스를, 그것은 목숨을 버리는 것과 같은 행동이라며 친구들이 말렸을 때 그는 이렇게 말했다.

"나는 무슨 일이 있어도 가야 하지만 굳이 살아 있을 필요는 없다."

그는 자신이 해야만 할 일을 그 어떤 위험이 도사리고 있다 할지라도, 꼭 해야만 했던 것이다.

무엇이 사람을 초지일관하게 하는가?

미국의 초대 대통령인 워싱턴의 인품을 생각한다면 당연한 일이겠지만, 그의 인생을 지탱해준 주요한 원동력은 오로지 사명감이었다.

그의 인격에 일관성과 충실함, 강인함을 부여한 것은 그 성격 속에 숨어 있던, 제왕에게도 어울릴 만한 위엄이었다. 해야만 하는 일이 눈앞에 있으면 그는 어떤 위험을 감수하고서라도 그것을 완전무결하게 해냈다. 훌륭하게 보이기 위해서 하는 것이 아니며, 영광을 손에 넣기 위해서도 아니고, 인기나 보수를 목적으로 한 것도 아니었다. 그의 머릿속에는 해야만 하는 일을 최선의 수단으로 해내겠다는 것 외에는 다른 아무것도 없었던 것이다.

그리고 워싱턴은 매우 겸허했다. 독립전쟁이 일어났을 때, 국군의 최고사령관이 되어달라는 청을 받았던 그는, 무슨 일이 있어도 맡아달라는 말을 듣기 전까지는 그 지위에 오를 것을 허락하지 않았다. 조국의 장래를 크게 바꿔놓을지도 모르는, 책임이 막중하고 명예로운 직무를 수행하기로 한 워싱턴은 이렇게 말했다.

"무슨 일이 있어도 내게 보여준 신뢰를 배신할 수 없기에 오늘 여기서 정직하게 선언해두겠다. 나는 주어진 명예로운 직무에 어울릴 만한 힘을 가지고 있다고는 생각지 않는다."

워싱턴은 최고사령관으로서, 그리고 후에는 대통령으로서 의무를 수행하기를 주저하지 않았으며 청렴하고 올바른 인생을 보냈다. 좋은 소문에도, 또한 그의 권위와 신망을 위협하려는 의도가 깔린 소문에도 흔들리지 않고 인기 같은 것에는 신경도 쓰지 않고 초지일관했다.

존 제이가 영국과 체결을 맺으려 했던 평화협정의 비준이 문제가 되었을 때의 일이다. 그런 조약은 부인해야 한다는 목소리가 있었지만 워싱턴은 자신과 국가의 명예를 지키기 위해서 반대를 무릅쓰고 이 조약을 비준했다.

결과적으로는 세상으로부터 맹렬한 비난을 받게 되었고, 그의 인기도 땅에 떨어졌으며, 모여든 군중들이 그를 향해서 돌을 던지기까지

했다고 한다. 하지만 그는 굴하지 않고 조약을 비준하는 것이 자신의 일, 사명이라는 생각을 굽히지 않았다. 그리고 전국에서 올라온 진정 (陳情)과 항의를 뿌리치고 조약을 발효시켰다.

항의하던 사람들에게 그는 이렇게 말했다.

"나를 지지해준 많은 분들께 깊이 감사드린다. 따라서 내 양심이 명하는 대로 행동하는 것 외에는 그들의 호의에 보답할 길이 없다."

일에 살고 일에 죽은 남자의 '기개 넘치는 삶'

에든버러 대학의 교수였던 존 윌슨의 생애는 의무를 중히 여기는 정직하고 근면한 사람의 생애를 대표하는 것이라고 말해도 좋을 것이다. 그의 인생은 용기와 명랑함, 근면의 전형이었다.

허약했지만 밝고 활발한 소년이었던 윌슨은 청년기가 지날 무렵부터 병의 조짐이 보이기 시작하여 17세 때부터 이미 불면증과 우울증에 시달리고 있었다.

"난 아무래도 오래 살 수 있을 것 같지가 않아. 체력에 의존하지 말고 정신력으로 살아가야 할 것 같아."라고 당시의 그는 친구에게 말했다. 17세 소년에게는 너무나도 어울리지 않는 고백 아닌가?

소년기의 고백처럼 그는 육체적인 건강이라는 면에서는 '기회'를 잡지 못하고 생을 마감했다. 윌슨의 생애는 두뇌노동인 학문과의 계속되는 투쟁이었다.

스코틀랜드에 있는 조그만 마을의 교외를 강행군했을 때, 그는 한쪽 다리를 다쳐서 쓰러질 듯 간신히 집으로 돌아왔다. 다리의 통증은 참기 힘든 것이었으며, 무릎 관절에 농양이 생겼다는 사실을 알게 되어 결국에는 오른쪽 다리를 절단하지 않을 수 없게 되었다.

하지만 그는 일을 게을리하지 않고 집필과 강의를 계속했다. 그런데 이번에는 류머티즘과 지독한 안구의 염증이 그를 덮쳤다. 글을 쓸 수조차 없게 된 그는 여동생에게 필기를 부탁하여 강의 준비를 했다. 밤낮 통증에 시달렸기 때문에 모르핀을 맞지 않으면 한숨도 잠을 잘 수가 없었다. 그리고 전신이 완전히 쇠약해졌을 때, 결정타를 날리듯 폐병 초기 증상이 나타나기 시작했다.

그래도 그는 자신이 근무하고 있는 에든버러 대학에서의 주 1회 강의를 단 한 번도 쉬지 않고 계속했다. 수많은 학생들 앞에서 강의를 하는 것은 무엇보다도 몸에 좋지 않은 일이었음에도 불구하고 그는 결코 멈추지 않았다.

"자, 이렇게 해서 관에 못을 하나 더 박은 셈이로군."

완전히 지쳐서 집에 돌아온 윌슨은 코트를 벗어던지며 이렇게 말하곤 했다.

27세를 맞이한 윌슨은 '내 가슴에 숨어 있는 친구'라 부르던 여러 가지 병을 안은 채 1주일에 10시간 내지 11시간, 혹은 그 이상의 시간을 강의에 바쳤다. 그 무렵 이미 죽음의 그림자를 느끼고 있던 그는 주어진 시간이 얼마 되지 않는다는 생각으로 일에 몰두했다.

그는 '어느 날 아침, 내 죽음을 알리는 부고가 갑자기 날아든다 해도 놀라지 말게.'라는 글을 친구에게 보냈다. 하지만 그렇게 말하면서도 어둡고 감상적인 기분에 잠긴 적은 단 한 번도 없었다. 마치 힘이 남아돌기라도 한다는 듯 그는 희망을 잃지 않고 명랑하게 일을 계속했다.

그는 고민하지도 않았으며, 초조해 하지도 않았고, 격정에 휩싸이지도 않았다. 명랑함을 잃지 않고 고통을 견뎌나가는 불굴의 정신으로 넘쳐나 있었다. 거듭되는 재난 속에서도 그의 영혼은 평정심과 맑음을 잃지 않았다. 마치 몇 사람 분의 힘을 축적하고 있는 것처럼 나날의 임무를 수행했다.

자신의 일생이 곧 끝나버릴 것이라는 사실을 잘 알고 있던 그에게 가장 걱정스러웠던 일은, 그 사실을 알게 되면 커다란 타격을 받을 것이 틀림없을 가족이 자신의 병을 눈치 채지나 않을까 하는 것이었다.

"나는 사람들을 대할 때 애써 명랑하게 행동했으며, 하루하루를 죽음에 직면한 사람으로서 있는 힘껏 살아가려 노력하고 있다."고 그는 말했다.

발작이 일어나 사경을 헤맨 적도 몇 번 있었는데 그 무렵 그는 스코틀랜드 산업박물관장이라는 요직에 임명된다. 이후 그는 남은 모든 힘을 그 일을 위해서 쏟아 붓는다. 정신적·육체적으로 단 한시도 쉬지 않았던 그에게는 '일하면서 죽어가는 것'이 이상이었다.

폐와 위로부터의 토혈, 불면의 밤, 통증이 끊이지 않는 나날 속에서도 그는 강의를 계속했으며, 일요학교의 강화집을 만들고 『에드워드

포브스의 일생』이라는 책을 쓰기도 했다.

　'내게 있어서 강의라는 말은 이 세상에서 가장 무게가 있는 말로 무슨 일을 하든 이 단어가 가장 먼저 머리에 떠오른다.'고 그는 글에서 밝혔다. 조금이라도 힘이 남아 있는 한 일을 그만두려 하지 않았던 것이다.

　1859년 가을의 어느 날, 평소와 다름없이 에든버러 대학에서의 강의를 마친 그는 옆구리에 격렬한 고통을 느끼며 집으로 돌아왔다. 바로 의사를 불러 진단해본 결과 폐의 염증 때문에 늑막염이 생겼음을 알게 되었다. 쇠약해질 대로 쇠약해진 몸으로는 도저히 저항할 수 없었던 듯 그는 며칠 후 힘이 다해 드디어 '기다리고 기다리던' 편안한 잠 속으로 빠져들었다.

CHAPTER

3

끝까지 해낸다!

하 루 하 루 최 선 을 다 해 서 일 하 고 있 는 가 , 보 람 은 있 는 가 ?

'아무런 고생도 하지 않고 무엇인가를 손에 넣고 싶다.' 는 소망은 마음이 나약하다는 증거다. 손에 넣을 만한 가

치가 있는 것은 그에 합당한 대금을 치러야만 자신의 것이 된다는 사실을 인정하는 것이야말로 행동력을 기르

는 비결이다. 일을 하지 않고 손에 넣은 여가라면 아직 대금을 치르지 않은 것이다.

한 가지 일에 정통하면 인생의 모든 일에 응용할 수 있다

행동력 넘치는 인격을 기르기에 가장 좋은 것은 일을 하는 것이다. 일을 해야만 순종과 자제심, 집중력, 응용력, 근성 등이 싹트며 그것들을 단련할 수 있다. 그리고 각자의 전문기술을 신장시켜 능숙하게 일을 처리할 수 있게 될 뿐만 아니라 일상에서 일어나는 여러 가지 일에 대해서도 즉석에서 훌륭하게 처리할 수 있는 요령까지 몸에 익힐 수 있게 된다.

일은 우리를 진보, 향상시키는 살아 있는 법칙, 즉 살아가기 위해 지켜야만 할 법칙이다. 대부분의 사람들은 살아가는 데 필요하기 때문에 일을 해야만 한다. 하지만 주어진 인생을 최선을 다해서 살아가기 위해서는 한 사람도 남김없이 모든 사람이 어떤 일이든 할 필요가 있다.

어떤 면에서 일을 한다는 것은 무거운 짐이자 징벌처럼 여겨질지도 모른다. 하지만 그와 동시에 자랑이자 명예이기도 하다. 일을 하지 않고서는 그 무엇도 성취할 수가 없다.

사람 속에 숨어 있는 재능은 일을 통해서 완성되는 것이며, 문명은 노동의 산물이라고 할 수 있다. 일하기를 그만두면 아담의 자손들은 곧 도덕적으로 퇴폐하여 전멸해버릴 것이다.

땀 속에서 배어나는 참된 '인생의 환희'

태만, 즉 일을 하지 않는 상태는 사람에게 재앙을 가져다준다. 녹이 철을 엉망으로 만들어버리는 것처럼 태만은 사람과 사회를 좀먹는다.

페르시아를 정복했던 알렉산더 대왕은 그 국민들의 생활상을 보고 "쾌락을 추구하는 생활만큼 비천한 것도 없으며, 일에 몰두하는 생활만큼 존엄한 것도 없다. 그들은 이 사실을 전혀 깨닫지 못한 듯하다." 라고 말했다.

영국이 로마의 속국이었을 때, 로마의 황제인 세베루스는 요크셔주 요크에 있는 그램피언 산기슭에서 쓰러져 멍석 위에서 숨을 거뒀다. 그때 부하에게 다음과 같은 마지막 말을 남겼다.

"일을 해라!"

로마군의 지휘관이 사기를 잃지 않고 권위를 지킬 수 있었던 것은 끊임없이 일을 했기 때문이다.

당시의 이탈리아에서는 평범한 전원생활을 보내는 것이 시민으로서의 최고의 삶인 것으로 여겨졌다. 로마의 박물학자 플리니우스는 그런 모습을 기록한 속에서, 승리를 거둔 로마군의 지휘관들은 부하와 함께 기뻐하며 쟁기를 손에 잡는 생활로 돌아갔다고 말했다.

'당시는 장군이라 할지라도 자신의 손으로 경작하지 않으면 안 됐다. 월계관을 씌운 쟁기를 가진, 승리의 영광에 빛나는 농부에 의해 경작되는 토지의 기쁨은 매우 커다란 것이었을 것이다.'

그후 '일을 한다는 것은 수치이자 맹목적으로 타인에게 복종하는 것이다.'라고 경멸하게 된 것은 모든 분야에서 노예를 대량으로 사용하게 되면서부터이다. 로마의 지배자들은 곧 일을 잊고 사치스러운 생활에 빠져들게 되었다. 로마제국은 붕괴를 피할 수 없게 되어버린 것이었다.

태만은 '악마가 휴식을 취하는 쿠션'

게으른 버릇은 미개인과 폭군들의 특징이다. 인간이라면 누구나 일을 하지 않고 노동의 산물을 얻고 싶어 하는 법이다.

이 소망은 반드시라고 해도 좋을 정도로 세계 모든 사람들이 바라는 것으로 제임스 밀은 '원래 정치가 행해지게 된 것은 이런 소망이 사회 일반의 이익을 쓸모없는 것으로 만들어버리는 것을 막기 위해서다.'라고 주장했을 정도다.

태만은 인간을 타락시키며 국력을 저하시킨다. 게으른 자가 사회적으로 이름을 날린 적은 한 번도 없었으며, 앞으로도 없을 것이다. 게으른 자는 언덕을 기어오르려는 노력도 하지 않으며, 어려움에 맞서려고도 하지 않는다.

게으른 자는 인생에서 실패를 거듭한다. 무슨 일에서나 성공하지 못하는 것은 당연한 일이다. 게으른 자는 어디에도 도움이 되지 않는다. 어두운 얼굴로 불평만 해대는 가엾은 인간으로 사회적으로는 한낱 짐에 불과하다. 걸림돌이자 거추장스럽기 짝이 없는 존재이다.

새뮤얼 존슨은 탐험가인 버턴이 저술한 독특하고 재미있는 책을 읽고 싶어서 평소보다 2시간 일찍 일어나 그 책을 읽었다고 한다.

버턴의 책 속에 '우울증에 걸리는 것은 아무런 일도 하지 않는다는 데 커다란 원인이 있다.'는 한 구절이 있다.

'아무것도 하지 않고 시간을 보낸다는 것은 정신적으로도 육체적으로도 치명적인 것이며, 사악의 온상이자, 모든 재난의 근원이며, 일곱 가지 대죄 중 하나이며, 악마가 휴식을 취하는 쿠션이자 베개이며 악마의 든든한 지원군이다. 게으른 개의 털은 불결하여 피부병 투성이가 된다. 게으른 사람이 그와 같은 상태를 피할 수 있을까?'

고독하게 살지 말라 – 게으르지 말라

'몸 움직이기를 귀찮아하는 것보다 정신이 태만해지는 것이 훨씬 더 무서운 일이다. 머리는 좋지만 아무런 일도 하지 않는다면 그것은 일종의 병이다. 좋지 않은 병이자 정신을 썩게 하는 녹이며, 지옥 그 자체다. 고여 있는 물웅덩이에 구더기가 끓는 것처럼 게으른 자의 머릿속에는 썩어빠진 나쁜 생각이 가득하게 된다. 영혼이 악마의 포로가 되어버리는 것이다.

좀 더 대담하게 표현해보기로 하겠다. 어떤 사회적 지위든 상관없다. 어쨌든 그다지 부자는 아니지만 그럭저럭 행복한 생활을 하고 있는 게으른 사람에게 쓰고 남을 정도의 물건들과 원하는 만큼의 행복과 만족을 주었다고 하자.

게으름이 사라지지 않는 한, 그들은 언제까지고 이것으로 됐다고 생각지 않고 몸과 마음이 병 든 채 여전히 피로에 지친 표정으로 화와 불만을 늘어놓으며 눈물을 흘리고 한숨을 지으며 자신의 불행을 한탄하고 의심에 가득 차서 사회의 모든 일에 반항하기를 멈추지 않을 것이다. 그리고 자신은 다른 곳으로 가버리든지, 죽어버리든지, 혹은 환상의 세계로 가버리는 것이 훨씬 더 낫다고 생각하게 된다.'

버턴은 마지막으로 이렇게 말했다.
'착한 사람은 자신의 행복을, 우울증에 걸린 사람은 마음과 몸의 건강을, 다음의 말에서 얻기 바란다. 고독과 태만에 굴해서는 안 된다. 고독하게 살지 말라, 게으르지 말라.'

'게으른 마음'은 정신을 닳아 없어지게 한다

태만하다고 해서 모든 일에 태만해지는 것은 아니다. 몸은 일하기 싫어하지만 머리의 움직임은 게으르지 않다. 곡물을 열매 맺게 하지 못하면 그 대신 엉겅퀴가 게으른 자가 걸어가는 인생의 길에 무성하게 자랄 것이다.

참된 행복은 두뇌와 몸의 기능이 유효하게 활용되지 않으면 손에 넣을 수 없는 것이다. 건강과 활기와 기쁨을 잃는 것은 게을렀기 때문이다. 일을 하면 정신적인 피로나 고민이 생길지는 모르겠지만 게으를 때의 정신은 가장 무의미하게 에너지를 소비하는 법이다.

'병에는 일을 하는 것이 가장 좋은 치료법이다.'라고 생각하는 현명한 의사가 나타나게 된 것도 이런 이유에서이다.

'가장 위험한 것은 한가한 시간이다.'라고 마샬 홀 의사는 경고했다.

프랑스의 마엔느 대주교는 '사람의 마음은 맷돌과 같은 것이다. 밀을 넣으면 그것을 빻아 가루로 만든다. 밀을 넣지 않아도 계속 돌아 결국에는 자신이 닳아버린다.'라고 입버릇처럼 말했다고 한다.

열심히 일하기 때문에 여가가 값진 것이다

태만한 사람은 변명만 늘어놓는 법이다. 게으른 사람들 중에는, 일하기는 싫어하면서 입만 살아 있는 사람들이 많다.

'길에 사자가 있어서'라거나 '저 언덕을 오르기는 힘들 것 같아서'라거나 '해봤지만 안 됐고 더 이상은 하고 싶지 않다. 노력해 봐야 쓸데없는 짓이다.'라고 말한다.

'아무런 고생도 하지 않고 무엇인가를 손에 넣고 싶다.'는 소망은 마음이 나약하다는 증거다. 손에 넣을 만한 가치가 있는 것은 그에 합당한 대금을 치러야만 자신의 것이 된다는 사실을 인정하는 것이야말로 행동력을 기르는 비결이다. 여가조차도 일한 결과로 얻은 것이 아니면 진심으로 즐길 수 없다. 일을 하지 않고 손에 넣은 여가라면 아직 대금을 치르지 않은 것이다.

일은 어디에나 있으며, 일을 하면 당연히 여가를 얻을 수 있다. 하지만 일을 하지 않고 얻은 여가란 맛있는 음식을 너무 많이 먹은 것과 그다지 다를 바 없는 것이다. 아무런 일도 없거나 혹은 일이 있어도 하려 들지 않는 게으른 자는 부자든 가난한 사람이든 모두 무미건조한 인생을 보내게 될 것이다.

프랑스의 부르쥬 감옥에 8번이나 수감되었던 한심한 40대 남자의 오른쪽 팔뚝에 문신이 있었다. 그 말은 이 세상 게으른 자들의 좌우명으로 삼기에 적당한 것이다.

'과거는 나를 비웃었으며, 현재는 나를 괴롭히고, 미래는 나를 공포로 몰아넣는다.'

괴로움은 극복하는 것, 일은 끝까지 마치는 것

신학자인 스탠리 경, 더비 백작은 글래스고를 방문했을 때 다음과 같이 말했다.

"일을 하고 있지 않은 사람은 제 아무리 사람이 좋고 다른 면에서는 존경할 만하다 하더라도 참으로 행복해질 수는 없을 것이라고 나는 생각한다. 일은 우리 인생 그 자체이니 무엇을 할 수 있는지 들려준다면 당신의 실력을 가르쳐주겠다."

자신이 일에 대해서 품고 있는 애정이야말로 저급하고 저열한 취향으로 치닫는 것을 막아주는 최선의 예방조치이다. 그리고 일을 사랑하는 것은 별 볼일 없는 고뇌와 자기애에 빠진 결과 발생하는 분노를 해소해주는 최선의 수단이라고 말하고 싶다.

우리는 지금까지 어려움이나 고뇌에서 벗어나기 위해서는 자신만의 세계로 들어가서 자신의 몸을 지키는 것 외에는 달리 방법이 없다고 생각해왔다. 많은 사람들이 이 방법을 시험해봤지만 결과는 언제나 똑같았다. 괴로움과 노동에서 도망쳐서는 안 된다. 이 두 가지는 인간의 숙명이다. 어려움에 맞서기를 두려워하는 사람은 어려움이 스스로 찾아온다는 사실을 깨닫게 될 것이다.

게으른 사람은 가능한 한 작고 편한 일만 하려는 생각을 품고 있을 것임에 틀림없다. 하지만 자연은 노동 본능을 공평하게 분배하기 때문에 가령 조그만 일이라 할지라도 그 일을 쉽게 해낼 수 없을 정도로 어렵게 만들어주려 꾀하는 법이다. 자기만 편하면 된다는 생각을 가지고 있는 사람은 언젠가는, 아니 틀림없이 곧 자연법칙의 엄격함을 배우게 될 것이다.

자신의 책임으로부터 도망치려고 하는 놀랄 만한 나약함도 벌을 받게 된다. 폭넓은 이해력이 없으면 사소한 문제도 커다란 문제가 되어 버린다. 뿐만 아니라 참으로 인간답게 살아가는 데 조금이나마 유효했던 정신력은 텅 비어버린 머릿속에서 제멋대로 하나하나 고개를 쳐드는 하찮은 고민거리 때문에 점점 소모되어 버린다.

설사 즐거움은 적다할지라도 언제나 무엇인가에 도움이 되는 일에 종사해야만 한다. 일하지 않는 자는 보수를 받을 때의 기쁨을 맛보지 못한다. 월터 스콧은 이렇게 말했다.

"일을 가지고 있으면 깊이 잠들 수 있고 기분 좋게 눈을 뜰 수 있다. 여가를 마음껏 즐기려면 학문이든 의무를 수반하지 않는 일이든 일을 했다는 기분을 조금이라도 가질 필요가 있다."

간혹 지나치게 일을 해서 목숨을 잃는 사람도 있기는 하다. 하지만 자기 마음 내키는 대로 나태한 생활을 보냈기 때문에 죽은 사람들의 숫자가 훨씬 더 많다. 지나치게 일을 하다 죽은 사람은 건강관리를 게을리 하고 규칙적인 생활을 하지 않은 것이 원인인 경우가 많다.

유배지에서 비로소 알게 된 나폴레옹의 '훌륭한 인간미'

실제로 살아온 세월의 길이로 인간의 수명을 측정할 수는 없다. 어떤 업적을 남겼으며, 무엇을 생각했는지에 따라서 살아온 길이를 생각해야 한다. 타인에게 도움이 되는 일을 할수록, 생각하고 감동하는 일이 많을수록 참된 삶을 살고 있는 것이라고 말할 수 있다. 게으르기만 할 뿐 아무짝에도 쓸모없는 인간은 제 아무리 오래 산다 할지라도 그저 숨을 쉬는 것이 전부인 존재일 뿐이다.

옛날 예수의 가르침을 전파하던 사람들은 스스로 모범을 보여 노동 의욕을 고취시켰다.

사도 바울은 '일하지 않는 자는 먹지도 말라.'는 말로 타인에게 피해를 주지 말고 자신의 손을 더럽혀 일하라고 가르쳤다.

선교사 보니파티우스는 영국에 도착했을 때 한쪽 손에는 복음서를, 다른 한쪽 손에는 목수들이 쓰는 자를 들고 있었다. 후에 영국에서 독일로 건너갈 때는 건축기술을 익혀서 떠났다. 루터도 원예업자, 목수, 선반공, 시계수리공 등 여러 가지 직업에 종사하며 열심히 일해 나날의 식량을 자신의 손으로 벌었다.

훌륭한 솜씨를 지닌 장인을 보러 가면 그 장인에게 경의를 표하고 돌아올 때면 반드시 머리를 깊이 숙였던 것이 나폴레옹의 습관이었다. 세인트헬레나 섬으로 유배된 나폴레옹이 한 부인과 걸어가고 있을 때 짐을 지고 걸어오고 있는 하인들과 맞닥뜨리게 되었다. 부인은 화난 듯 거친 목소리로 길에서 비킬 것을 명했다. 그러자 나폴레옹은 "부인, 저들은 무거운 짐을 지고 있어요."라고 일깨워줬다고 한다.

제 아무리 눈에 띄지 않는 하찮은 일이라 할지라도 사회의 행복에 공헌하고 있는 것이다.

무기력감을 떨쳐내는 비결

중국의 한 황제는 다음과 같은 명언을 남겼다.

"한 사람이라도 일하지 않는 남자가 있으면, 그리고 한 사람이라도 게으른 여자가 있으면 반드시 이 나라의 어딘가에서 누군가가 굶주림과 추위에 고통을 받게 된다."

언제나 무엇인가에 도움이 되는 일을 하는 습관은 남자는 물론 여자에게도 행복으로 가는 열쇠를 쥐기 위한 기본적인 조건이 된다. 일을 하지 않는 여자는 두통과 히스테리를 동반하는 나른한 권태감과 무기력함의 포로가 되어버린다.

한 어머니는 이와 같은 무기력함에 져서는 안 된다며 시집가는 딸에게 주의를 주었다.

"휴가를 얻은 아이들이 전부 밖으로 나가버린 후에 무엇을 해야 좋을지 몰라 한낮의 부엉이처럼 힘없이 멍하니 보내던 때가 내게도 있었단다. 하지만 젊은 부인들이 빠지기 쉬운 이런 기분에 결코 휩싸여서는 안 된다. 가장 좋은 것은 열심히 일을 하는 것이란다. 무엇이든 좋으니 쉬지 말고 열심히 일을 하거라. 게으름은 사람들을 잡으려 악마가 놓은 덫이라는 네 할아버님의 말씀은 참으로 옳은 말이란다."

이처럼 끊임없이 도움이 될 만한 일을 한다는 것은 육체뿐만 아니라 정신까지도 건강하게 해준다.

정신에 가장 좋은 '건강식품'

게으른 자는 자신을 질질 끌고 다니듯 인생을 살아간다. 설사 성격의 좋은 면이 도덕적, 정신적으로 사라지지 않았다 할지라도 깊은 잠에 빠져버려서 움직이려 들지 않는다.

한편, 활력에 넘치는 인물은 주위 사람들에게 활동력과 기쁨을 가져다주는 원동력이 된다. 등이 휠 것 같은 단조로운 일이라 할지라도 아무것도 하지 않는 것보다는 낫다.

시인 찰스 램은 동인도회사에 근무했었는데 매일 반복되는 단조로운 업무에서 해방되었을 때는 하늘로 날아 올라갈 것 같은 기분을 느꼈다고 한다.

"만 파운드를 준다 해도 그 감옥에서 앞으로 10년이나 더 있을 수는 없다."고 말했다. 그는 다음과 같이 기쁨에 넘친 편지를 친구에게 보냈다.

 '편지도 쓸 수 없을 만큼 마음이 설렌다. 나는 자유롭다! 바람처럼
자유롭다. 앞으로 50년은 더 살 수 있을 것 같다. 가능하다면 이 넘쳐
나는 한가로운 시간을 자네에게도 나눠주고 싶을 정도다! 인간에게
있어서 가장 좋은 것은 아무것도 하지 않는 것이라고 단언할 수 있다.
그 다음은, 그래 아마도 좋은 일을 하는 것일 거야.'

 그로부터 2년이라는 길고 지루한 시간이 흘렀다. 그런데 그 동안 램
의 생각은 완전히 바뀌어버리고 말았다. 비록 단조롭기는 했지만 '매
일 반복되는' 사무적인 일이 육체적으로 좋은 것이었다는 사실을 깨
닫게 된 것이다. 예전에는 제 편이었던 시간이 지금은 적이 되어버렸
다. 그는 다시 친구에게 편지를 보냈다.

 '일을 하지 않는 것은 지나치게 일을 하는 것보다 더 좋지 않은 것
이다. 정신이 자기 자신을 갉아먹는다. 가장 불건전한 먹을거리이다.
세상일에 거의 흥미를 느끼지 못하게 되어버렸다. 인생에 절망한 사
람에게 천국의 단비는 내리지 않는다. 내가 할 수 있는 일이라고는 오
직 산책뿐. 그것도 너무 많이 걸어 지쳐버린다. 나는 시간을 말살하는
난폭한 살인자다. 그럼에도 불구하고 나를 인도해주는 것은 아무것도
없다.'

공부로 얻은 '재산'은 누구에게도 빼앗기지 않는다

스콧은 지칠 줄 모르고 일하는 사람이었는데 '근면하다는 것이 실생활에서 얼마나 중요한지'를 그보다 더 잘 알고 있던 사람도 없었을 것이다. 스콧은 근면함이 사회를 위해 도움이 되며 행복을 가져다주는 커다란 수단임을 자신의 아이에게 가르쳐주려 했다. 학교에서 기숙사 생활을 하고 있는 아들 찰스에게 다음과 같은 편지를 보냈다.

'노동이란 모든 지위의 인간들에게 부과된 계약이라는 사실을 너는 아직 모르고 있는 듯하다.

농부가 이마에 땀을 흘려 손에 넣은 빵은 물론, 권태감을 달래기 위해서 부자가 사로잡은 사냥감에 이르기까지 몸을 움직이지 않고 무엇인가를 얻는다면 그것은 아무런 가치도 없는 것이다. 처음에 쟁기로 흙을 갈지 않으면 보리가 자라지 않듯이 먼저 일을 하지 않으면 지식은 사람의 마음속에 튼튼하게 뿌리내리지 못한다.

하지만 실제로 이 두 가지 예에는 커다란 차이가 있다. 보리의 경우는 그 시기의 조건이나 환경에 따라서 씨를 뿌린 사람이 수확을 얻지 못하는 경우도 있는 법이다. 하지만 인간의 경우는 사고가 일어나든 불행에 휩싸이든 공부로 얻은 지식을 다른 사람에게 빼앗길 염려는 없다. 스스로 획득한, 누구에게도 속박되지 않는 풍부한 지식은 전부 자신을 위해서 사용해도 상관없는 것이다.

그렇기 때문에 최선을 다해야 한다. 시간을 유효하게 사용해야 한다. 젊었을 때는 발걸음도 가벼우며, 마음도 순수하기 때문에 지식을 쉽게 흡수할 수 있다. 하지만 노력을 게을리하면 봄과 여름은 의미도 없이 헛되이 흘러가며 가을의 수확은 겉겨뿐, 그리고 나이 들어 맞이하게 되는 겨울은 누구에게도 존경받지 못하는 쓸쓸한 것이 될 것이다.'

인생을 살아가는 데 필요한 '실무능력'을 키워라

어떤 격언을 처세훈으로 삼느냐에 따라서 그 사람의 인격이 변하는 것을 흔히 볼 수 있다.

스콧은 '아무것도 하지 않으며 시간을 보내서는 안 된다.'는 말을, 역사학자인 로버트슨은 '지식을 배우지 않는 인생은 죽은 것이나 다름없다.'는 말을 불과 15세 때 선택했다. 프랑스의 사상가 볼테르의 좌우명은 '언제나 열심히 일하자.'였고, 프랑스의 생물학자인 라세페드가 가장 좋아하는 격언은 '살아 있다는 것은 관찰하는 것'이었다.

일에는 인격형성에 도움이 되는 교사라는 면도 존재한다. 일의 결과가 일정한 형태로 남지 않는다 할지라도 일을 한 것만은 틀림없는 사실이니 아무것도 하지 않는 동면상태보다는 훨씬 낫다. 적어도 소질을 신장시켜 미래에 성공하기 위한 준비를 갖추는 일은 되기 때문이다.

일하는 습관은 여러 가지 경우에 대처할 수 있는 체계적인 방법을 가르쳐준다. 시간의 소중함을 뼈저리게 느끼게 하여 앞으로의 계획을 빈틈없이 세워 시간을 유효하게 사용하는 습관을 들이게 한다. 그렇게 훈련을 거듭하여 일단 평생을 바칠 만한 충실한 직업을 실제로 갖게 되면 1분 1초라도 헛되이 쓰지는 않을 것이다. 이런 생활 가운데서 맞이하는 여가는 무엇과도 비할 데 없는 최고의 맛을 맛보게 해줄 것이다.

유능한 주부는 곧 유능한 비즈니스우먼

'게으른 자들을 덧없이 시간을 죽이는 무리들이라고 부른다면 근면한 사람은 시간에 생명과 도덕관념을 불어넣어 시각뿐만 아니라 양심으로도 볼 수 있는 존재로 바꾼 사람이라고 부를 수 있을 것이다. 그런 사람은 시간을 정연하게 정리하고, 영혼을 부여하며, 자칫 잘못하면 날아가 버릴지도 모를 시간 자체에 불멸의 정신을 부여한다.

이처럼 방향성이 주어진 에너지가 질서정연하게 정리되면 시간은 충실하고 순종적인 하인이 된다. 시간이 사람과 함께 살아가는 것이 아니라 사람이 시간과 함께 살아가게 되는 것이다. 연월일은 사람이 인생에서 이룬 일을 기록하는 구분의 표시로 세계가 멸망한 뒤에도 살아남을 것이다. 아니, 시간 자체가 지상에서 모습을 감출 때까지 존재할 것이다.'

시인 콜리지의 이 말에는 진실이 담겨져 있다.

일에 몰두하면 이 체계적인 방법을 더욱 효과적으로 배울 수 있기 때문에 인격형성에도 커다란 도움이 된다. 일에 필요한 능력은 나날의 일을 통해 타인과 적극적으로 접촉함으로 해서 더욱 신장하게 된다. 그 일이 가정의 살림살이를 꾸려나가는 것이든 국가의 운영이든 이 사실에는 변함이 없다.

또한 유능한 주부는 동시에 유능한 비즈니스우먼이어야만 한다. 자잘한 가사를 정연하게 관리하고, 지갑의 끈을 조여 확실하게 계획을 세워 모든 가사를 자신의 규칙에 따라서 현명하게 처리해나가야만 한다.

능률적인 가정관리란, 근면함과 체계적인 방법, 도덕적 교훈, 신중함, 예측, 실무능력, 통찰력 그리고 통솔력을 의미한다. 이러한 것들은 모두 그 어떤 종류의 일이라 할지라도 일을 능숙하게 처리해나가는 데 없어서는 안 될 요소들이다.

워싱턴이 위대했던 가장 큰 이유

실무능력은 실로 여러 분야에서 활용된다. 실무능력이란 모든 일을 신속하게 처리하는 기민성과 일상의 실제적인 일을 능숙하게 해결하는 능력을 말하는 것이다. 그런 능력은 가정관리나 경영, 상업이나 무역, 혹은 국가의 정치에서도 전부 요구되는 것이다.

여러 가지 분야에서 발생하는 문제를 신속하게 처리하기 위한 훈련은 실생활에 무엇보다도 도움이 되는 것이다. 그리고 그것은 인격을 향상시키는 데도 최고의 훈련이 된다. 왜냐하면 근면함과 주의력, 자기희생, 판단력, 기지 그리고 타인에 대한 이해와 배려하는 마음 등을 실제로 발휘하는 것을 포함하고 있기 때문이다.

이와 같은 훈련을 거듭한다는 것은 문학적인 교양을 쌓거나 철학적인 사색에 잠기는 것보다 훨씬 더 충실한 인생과 행복을 약속해준다.

왜냐하면 긴 안목으로 보자면 실무능력은 지성과 관계를 가지고 있으며, 성격과 습관을 재능으로 바꿔주는 경우가 많기 때문이다. 단, 이것은 끊임없는 주의력을 발휘하여 신중하게 경험을 쌓아가는 것에 의해서만 얻을 수 있는 일종의 재능이라는 사실을 덧붙여 밝혀두겠다.

뛰어난 대장장이가 되기 위해서는 평생 쇠를 불려야만 한다. 뛰어난 관리자가 되기 위해서는 죽을 때까지 실무를 배워 실천해야만 한다.

뛰어난 실무능력을 가진 사람에게 최고의 경의를 표하는 것이 스콧의 특징이었다.

"제 아무리 뛰어난 문학적 재능을 가진 사람이라도 실생활이라는 보다 고차원적인 분야에서 실력을 발휘하는 사람, 특히 최고의 지휘관과 같은 사람과는 도저히 비교할 수 없을 것이다."라고 그는 단언했다.

워싱턴도 역시 지칠 줄 모르는 실무능력자였다. 겨우 13세 때부터 영수증에서 약속어음, 변환어음, 계약서, 채권, 임대계약서, 토지 권리서까지 딱딱한 서류들을 자진해서 정성스럽게 베껴 썼다. 어렸을 때부터 이렇게 익힌 습관이 후일 복잡한 정치문제를 솜씨 좋게 처리할 수 있었던 놀라운 실무능력의 모태가 되었던 것이다.

천재들은 모두 놀랄 정도로 '부지런한 사람'이었다

실무에서 재능을 발휘하여 위대한 업적을 남긴 사람은 남자든 여자든 모두 명예를 얻기에 합당하다. 명화를 그린 화가, 명작을 세상에 남긴 문학가, 전쟁에서 승리를 거둔 장군에도 뒤지지 않을 것이다. 그들은 틀림없이 수많은 곤란에 직면하고 일상에서의 무시무시한 전쟁을 경험한 끝에 성공을 손에 넣었을 것이다. 비록 전쟁에서 승리를 거뒀다고는 하지만 평화적인 승리이기 때문에 자신들의 손을 피로 물들이지는 않았다.

천재라 불리는 사람은 힘든 일을 싫어하는 법이라고 생각하는 사람들이 있다. 하지만 이보다 더 잘못된 생각도 없을 것이다. 모든 위대한 천재는 예외 없이 제 아무리 힘든 일이라도 마다않고 해왔다. 힘든 노동을 보통 사람보다 더 잘 견딜 뿐만 아니라 자신의 일에 보다 높은 재능과 불타는 듯한 정열을 바쳐왔다.

후세에 남을 만한 위대한 작품은 결코 하루아침에 완성되지 않는다. 불굴의 인내력과 끊임없는 노력이 있었기 때문에 천재들의 걸작이 세상의 빛을 보게 된 것이다.

힘은 일하는 자에게만 부여된다

힘은 일하는 자에게만 부여된다. 게으른 자는 언제나 무력하다. 세계를 지배하는 것은 부지런히 일하는 사람들이다.

제 아무리 신분이 고귀하다 하더라도 부지런히 일하지 않고 정치가가 된 사람은 아무도 없다. 루이 14세조차도 '왕은 일을 함으로써만 국가를 통치할 수 있다.'는 말을 남겼다.

쉬지 않고 일해 얻은 수많은 경험과, 인생의 여러 가지 일을 통해서 실제로 많은 사람들과 접촉하는 실질적인 훈련만이 어느 시대에나 확고한 신념을 가진 사람들의 활력 넘치는 생명력으로서 열매를 맺어왔다.

세련되고 단련된 실무능력은 정치나 문학, 과학, 혹은 미술 등 모든 직업에 도움이 된다.

문학작품의 걸작은 대부분 체계적으로 자신의 직업을 추구해온 사람들에 의해서 완성되었다. 근면함과 주의력, 시간의 절약 등과 같이 어떤 직업에서 효과적인 요소는 다른 직업에서도 역시 효과적이기 때문이다.

걸작은 재능만으로 태어나지 않는다

영국의 초기 작가들은 모두 바쁜 사람들로 실무에 대한 기능도 충분히 익힌 사람들이었다. 성직자라는 계층은 있었을지도 모르겠지만 문단이라는 분야는 아직 확실하게 자리잡지 않았던 시대의 이야기다.

셰익스피어는 극장의 경영자였으며, 서툰 연기자이기도 했다. 그는 문학적 재능을 기르기보다는 돈을 버는 데 훨씬 더 깊은 관심을 가지고 있었다.

이처럼 실무능력을 갖춘 활력 넘치는 인물의 모습은 시대를 막론하고 언제나 위대한 작가들 속에서 찾아볼 수 있다. 엘리자베스 1세와 제임스 1세 때는 문학 활동이 활발하여 눈에 띄는 수많은 명작을 남긴 시대였다.

실무능력은 세련된 교양인을 과학적, 혹은 문학적인 직업으로부터 등을 돌리게 하기는커녕 오히려 더할 나위 없이 좋은 훈련이 되는 경우가 많았다. 볼테르는 '문학과 실무의 정신은 같은 것이다.'라고 주장했다.

활력과 신중함, 세련된 지성과 실무적인 지혜, 활동적 요소와 사색적 요소가 전부 하나가 되지 않으면, 즉 베이컨이 '응축된 인간성의 극치'라고 말했던 결합이 없이는 어느 쪽도 완성될 수 없는 것이다.

아무리 풍부한 재능을 가진 작가라 할지라도 하루하루 진지하게 실무에 종사하는 생활을 하지 않으면 인간관계나 일상의 일들을 취급해도 사람들의 심금을 울리는 작품은 쓰지 못할 것이다.

이처럼 현존하는 대부분의 명작은 실무에 종사하는 사람들에 의해서 저술된 것이다. 그들에게 있어서 문학이란 일이라기보다는 오히려 기분전환과도 같은 것이었다. 비평지 『쿼털리 리뷰』의 편집장인 기포드는 생활의 양식을 얻기 위해서 글을 쓰는 것이 얼마나 피곤한 일인가를 잘 알고 있는 사람이었는데 한 번은 다음과 같이 이야기한 적이 있었다.

"하루 종일 일한 뒤에 간신히 얻은 글을 쓰기 위한 한 시간은, 문학을 팔아먹고 있는 사람의 하루 온종일의 노동보다도 훨씬 값진 것이다. 이 한 시간은 마치 사슴이 냇물의 물로 갈증을 푸는 것처럼 환희에 넘친 영혼을 되살아나게 한다. 문학가의 하루의 노동은 숨을 헐떡이며 싫증이 나지만 필요에 의해서 어쩔 수 없이 비참한 길을 걷고 있는 것과 같은 것이다."

즐겁게 일하기 때문에 더욱 '좋은 일'이 생긴다!

가장 이상적인 교양은 매사에 열중하고, 근면하게 일하는 습관을 들여 정신을 단련하고, 절박한 고비를 넘길 만한 기지를 길러 힘차게 활동하는 자유를 낳는 것이다. 이들은 모두 실무라는 면에서 성공을 거두는 데 없어서는 안 될 것들이다.

바로 그렇기 때문에 젊은이들을 교육하고 그들이 학문을 하는 곳에서는 진지하고 견실한 성격을 은근히 가르치는 것이다. 그런 성격에는 주의력과 근면함 그리고 학문의 길을 끝까지 가는 데 필요한 능력과 에너지가 언제나 포함되어 있기 때문이다.

그리고 그런 성격을 가진 사람은 일반적으로 보통 사람들보다도 결단력이 있고, 그때그때의 상황에 따라 매사를 능숙하게 처리할 수 있는 능력을 갖춘 경우가 많다.

생각 이상으로 행동할 것

몽테뉴는 참된 현인에 대하여 '만약 그들이 과학에 정통해 있다면 행동에서는 그보다 더욱 뛰어난 모습을 보일 것이다. 자신이 입증한 사실이 뒤집어지면 갑자기 폭풍처럼 기분이 격앙되고 지식에 의하여 영혼이 이상할 정도로 끓어오르는 것이 눈에 보인다.' 라고 말했다. 극단적으로 공상적인 문학이나 철학적인 문학에 경도되거나 특히 그것이 습관으로 굳어져버리면 일상생활에서는 실무능력이 결여된 인간이 되어버릴 가능성이 크다는 사실도 잊어서는 안 될 것이다.

사색능력과 실무능력은 별개의 것이다. 서재에 들어앉아 펜을 잡고 인생이나 자신의 방침에 대해서 원대한 이상을 그려볼 수 있는 능력이 있는 인물이라 할지라도 서재에서 한 걸음만 밖으로 나오면 그 이상을 구체적으로 실현하기에는 적당하지 않다는 사실을 알게 될 것이다.

사색능력은 왕성한 사고력을 필요로 하며, 실무능력은 정력적인 행동에 의해서 발휘된다. 그리고 이 두 가지 능력은 보통 균형을 잃은 상태로 연결되어 있다.

사색적인 인간에게는 우유부단한 면이 있다. 그는 한 가지 문제를 여러 각도에서 생각한다. 교묘하게 세워진 찬반양론 사이에 끼여 행동을 일으키지 못하는 상태가 되기 때문에 결국에는 어느 쪽도 선택하지 못한 채 끝나버리는 경우가 많다.

하지만 실무적인 사람은 논리를 따지는 전제는 무시한 채 뚜렷한 확신에 도달하여 자신의 신념을 행동에 옮기기 때문에 전진할 수 있는 것이다.

위대한 과학자에게도 뛰어난 실무능력이 있다는 사실을 증명해보인 사람은 얼마든지 있다. 아이작 뉴턴이 학문적 지식이 풍부한 현인이었다고 해서 조폐국 감독관으로서의 평판이 떨어졌다는 얘기는 들어본 적이 없다. 독일의 훔볼트 형제는 문학과 철학, 언어학, 광업, 외교와 정치 등 무슨 일에서나 똑같이 재능을 발휘했다.

필요로 하는 인재, 중용되는 존재가 되기 위하여

나폴레옹 1세가 과학자에게 품고 있었던 생각을 살펴보면, 그는 과학자의 도움을 받아 행정력의 강화를 꾀했던 듯하다.

그에게 선택을 받았던 과학자 중에는 실패한 사람들도 있지만 반대로 멋지게 성공한 사람들도 있다. 프랑스의 천문학자인 라플라스는 내무부 장관의 자리에 올랐었는데 임명되자마자 바로 잘못을 저지르고 말았다. 후에 나폴레옹은 그에 대해서 이렇게 말했다.

"라플라스는 문제의 핵심을 정확하게 파악하려 들지 않고 언제나 말초적인 것을 추구해왔다. 그의 의견은 전부가 이해하기 어려웠다. 즉, 미분적분의 분석적 계산정신을 실무의 관리에도 도입하려 했던 것이다."

라플라스의 이런 습관은 서재 안에서 완전히 굳어버린 것이었고 그것을 실제 응용하기에 그는 너무 나이를 먹었던 것이었다.

다르는 이와 반대가 되는 경우였다. 그는 실제로 실무에 대한 훈련을 받은 적이 있었다는 강점을 가지고 있었다. 마세나 장군 밑에서 군대의 감독관직을 맡아 스위스에서 일한 적이 있었으며, 그 동안 작가로서도 이름을 날렸다. 정부의 평의원 및 궁정감독관이라는 직책을 나폴레옹이 권하자 다르는 망설였다.

"저는 책 속에 묻혀 인생의 대부분을 보냈기 때문에 신하란 어떤 것인지 배울 시간이 없었습니다."

그러자 나폴레옹이 이렇게 대답했다.

"신하라면 내 주위에 얼마든지 있네. 숫자상으로는 부족함이 없어. 내가 원하는 것은 견고한 의지를 가지고 성실하게 일하며 모두를 계몽할 수 있는 능력을 가진 감독관일세. 바로 그렇기 때문에 자네를 뽑은 게야."

다르는 황제의 뜻을 받아들여 결국에는 총리의 자리에까지 올랐다. 그리고 자신의 능력을 마음껏 발휘했다. 그는 죽을 때까지 겸허하고 품행이 바르며 공정한 태도를 잃지 않았다.

'자기만의 시간'을 활용하여 예기를 기른다

실무능력을 익힌 사람은 일하는 것이 습관이 되어 있기 때문에 아무 것도 하지 않고 보내는 시간을 견디지 못한다. 어떤 사정으로 자신이 전문으로 하는 일을 버릴 수밖에 없게 되더라도 곧 다른 일에서 자신이 있어야 할 곳을 찾아낸다. 근면한 사람은 여가의 귀중함을 맛보기 위해서 바로 일을 찾아낸다. 근면한 사람에게는 여가가 있지만 게으른 사람에게는 일도 여가도 없다.

"여가를 사용하지 않는 사람에게 여가는 없다."고 조지 허버트는 말했다.

"활동적인 사람, 바쁘게 일하는 사람은 일의 성과를 기대하면서 일에서 해방된 한가로운 시간을 충분히 즐길 수 있다. 하지만 무료함을 느끼는 사람, 일을 재빨리 처리하지 않는 사람, 타인에게 맡기는 편이 훨씬 더 잘 풀릴 문제에도 참견을 하는 사람, 경박하고 하찮은 야심을 품고 있는 사람은 그것을 즐기지 못한다."

이것은 베이컨의 말이다.

이처럼 위대한 업적의 대부분은 근면함이 제2의 인격이 되어, 일하는 것이 하는 일 없이 시간을 보내는 것보다 편하다고 생각하는 사람들이 '여가시간' 을 이용하여 성취한 것들이다.

비록 조그만 취미라 할지라도 그것은 노동능력을 기르는 데는 도움이 된다. 취미는 어떤 종류의 근면함을 요구하며 적어도 그 사람에게는 즐거운 일을 제공해준다.

단, 공포정치를 행한 로마의 황제 도미티아누스의 취미인 파리를 잡는 것과 같은 취미는 여기에 해당되지 않는다. 랜턴을 만들었던 마케도니아의 왕, 자물쇠를 만들었던 프랑스 왕의 취미는 이에 비하면 훨씬 나은 것이라고 말할 수 있다. 매우 기계적인 것이라 할지라도 언제나 어떤 압력을 받으며 일하고 있는 사람에게는 도움이 된다. 일 속에서 즐기는 휴식이자, 기분전환이며, 결과와는 상관없이 그것을 하는 과정이 즐거운 것이다.

하지만 취미 중에서도 가장 좋은 것은 지적인 것이다. 하루의 일을 마친 활동적인 사람은 또 다른 일에서 즐거움을 찾으려 한다. 과학이나 예술 그리고 대다수의 사람들은 문학으로 여가를 보낸다.

이와 같은 레크리에이션은 자기중심적인 사고와 진부함과 속됨을 방지하는 가장 좋은 수단이다.

하지만 지성적인 취미라 할지라도 거기에 너무 집착하는 것은 좋지 않다. 거기에 너무 집착하면 예기를 기르거나 기분전환을 할 수 없게 된다. 피곤에 지쳐 기력을 잃고 기분이 침체된다면 일을 하는 것과 별반 다를 바 없는 효과밖에 기대할 수가 없다.

일을 마친 뒤에 펜을 잡고 글을 쓰며 여가를 즐긴 유능한 정치가는 수도 없이 많다. 그리고 그들 작품 중 몇몇은 최고의 것으로 알려져 있다. 시저의 『갈리아 전기』는 아직도 고전으로 살아남아 있다.

'야무지지 못한 인생'은 수명을 단축시킬 뿐

결론은 무리하지 말고 적당하게 일하면 육체를 위해서도 정신을 위해서도 좋다는 것이다. 인간이란 육체에 의해 지탱되며, 몸을 움직인다는 것은 건강을 위해 도움이 되는 것이다.

해가 되는 것은 지나치게 일을 할 경우이지 일 자체가 해가 되는 것은 아니다. 그리고 힘든 일보다도 더 좋지 않은 것은 따분한 일, 지나치게 체력이 소모되는 일, 장래성이 전혀 없는 일이다.

장래성이 있는 일은 건강하다. 사회에 공헌하면서 희망에 넘치는 일을 한다는 것은 행복의 열쇠를 쥐는 비결이기도 하다. 적당한 두뇌 노동은 다른 일에 비해서도 결코 피로를 느끼게 하는 것이 아니다. 적당한 선을 지켜가며 규칙적으로 한다면 육체를 단련하는 것과 마찬가지로 건강에 도움이 된다. 몸의 상태에 충분한 주의를 기울이고 있으면 자기 능력 이상의 부담은 주지 않게 되는 법이다. 그보다는 그저 먹고 마시고 자는 것이 전부인 삶을 사는 것이 훨씬 더 유해하다. 일에 정진하기보다는 무위한 생활을 보내는 것이 훨씬 더 빨리 사람을 지치게 만드는 법이다.

단, 지나치게 일하는 것은 누가 뭐래도 비경제적이다. 특히 걱정거리가 수반된 경우에는 사람을 아주 지치게 만든다. 걱정거리는 일하는 것보다 훨씬 더 사람을 지치게 만든다. 걱정거리가 있으면 늘 초조함을 느끼고 흥분상태에 빠져 있게 되기 때문에 몸이 약해진다. 격렬한 마찰을 일으켜 기계의 톱니를 닳아버리게 만드는 모래와도 같은 것이다. 일상에서 과로와 걱정거리가 찾아들지 않도록 주의를 기울이는 것이 좋다.

과도한 두뇌노동은 무거운 부담이 된다. 체력의 한계를 넘어선 놀라운 기술을 선보이겠다며 근육이나 뼈를 상하게 하는 체조선수처럼 두뇌노동자도 자신의 적정 한계나 도를 넘어서면 신경이 피로해져 균형을 잃어버리게 된다.

마음을 단련하면 '인생의 망설임'을 날려버릴 수 있다

자신을 제어한다는 것은 다시 말하자면 또 다른 형태의 용기라고도 할 수 있다. 그리고 인격에 없어서는 안 될 기본요소라고 여겨지고 있다.

셰익스피어가 『햄릿』에서 인간을 '앞날을 생각하는 동물'이라고 정의한 것은 이 자제라는 미덕에 대해서 말한 것이다. 이것이 인관과 다른 동물을 구분 짓는 커다란 차이점이다. 사실 자제심 없는 참된 인간다움이란 있을 수 없는 것이다.

자제는 모든 미덕의 근원이다. 충동과 정열에 따라서만 행동하면 사람은 그 순간부터 정신적인 자유를 빼앗기게 된다. 그리고 인생의 물결에 휩싸여 결국에는 자신의 가장 강한 욕망의 노예로 전락해버리게 된다.

동물보다 나은 상태, 즉 정신적으로 자유롭기 위해서는 본능적인 충동을 억제해야만 한다. 그것은 자제심의 발휘에 의해서만 가능한 일이다. 이 힘이야말로 육체와 정신을 확실하게 구별하는 것이며, 우리 인격의 기초를 형성하는 것이다.

성경은 '마을을 점령한' 힘이 강한 자보다도 '자신의 마음을 지배한' 마음이 강한 자를 더욱 칭찬하고 있다. 마음이 강한 자란 엄격하게 자신을 단련하면서 사고나 언어, 혹은 행동을 언제나 컨트롤할 수 있는 사람을 말한다.

사회를 좀먹으며, 사회에 수치가 될 만한 범죄를 일으킬 우려가 있는 사악한 욕망도 대부분은 용기 있는 자기단련, 자존심 그리고 자제심 앞에서는 그 영향력이 약해질 것이다. 이들 미덕이 몸에 배도록 노력하면 언젠가는 깨끗한 마음으로 사는 것이 습관이 되어, 순수한 미덕과 자제심에 의해 인격이 성장하고 형성되게 된다.

얼마나 좋은 습관을 익혔느냐에 따라서 인간의 가치가 결정된다

인격을 지탱해주는 최고의 기둥이 되는 것은 언제나 습관이다. 그 습관에 따라서 의지의 힘이 좋은 쪽으로도 나쁜 쪽으로도 작용할 수 있으며 경우에 따라서는 자비로운 지배자가 되기도 하고 잔혹한 독재자가 되기도 한다.

우리는 습관에 기꺼이 따르는 가신이 될 수도 있고, 굴종하는 노예가 될 수도 있다. 습관은 선한 길을 걷는 자를 도울 수도 있고 파멸의 길로 사람을 내몰 수도 있다.

습관은 용의주도한 훈련에 의해서 만들어진다. 규칙적인 훈련과 실습이 얼마나 효과적인지 참으로 놀랄 정도다.

예를 들어서 마을에서 붙잡힌 불량배나 깊고 깊은 산골에서 데려온 거친 야생아처럼 앞날이 절망적인 사람이라도 진지하게 훈련과 실습을 거듭하면 진정한 용기와 인내력과 자기희생정신을 익힐 수 있게 된다.

치열한 전장이나 화재가 일어난 사라샌드 호, 난파 당한 바켄헤드 호에서와 같이 무시무시한 재해를 만났을 때 정신을 단련한 사람들은 그 얼마나 용감하고 영웅적인 행동을 보여줬는가?

도덕적인 정신을 단련하고 실습해보는 것은 인격을 형성하는 데에도 영향을 준다. 그것이 없으면 정상적이고 규율에 합당한 일상생활을 보낼 수 없다. 이와 같은 단련과 실습을 통해서 자존심을 기르고 복종하는 습관을 배우며, 의무에 대한 관념에 눈을 뜰 수 있게 되는 것이다.

독립정신을 가진 자제심 강한 사람은 모두 단련을 거듭해온 사람들이다. 그 단련이 엄격하면 엄격할수록 도덕적으로도 높은 차원에 이르게 되는 것이다.

자신의 욕망을 최대한 억제하고 그보다 더욱 강한 힘을 가진 천성에 복종해야 한다. 마음속에 살고 있는 훈계자, 즉 양심의 명령에 따라야 하는 것이다. 그렇게 하지 않으면 충동과 감정에 따라 제멋대로 행동하는 사람으로 전락해버리고 말 것이다.

사회학자인 허버트 스펜서는 이렇게 말했다.

"뛰어난 자제심은 이상적인 인간이 가지고 있는 완벽함 중의 하나라고 할 수 있다. 우리는 충동에 휩싸이지 말고 차례차례로 자신을 엄습하는 여러 가지 욕망에도 현혹되지 말고, 자제하고, 마음의 평정을 유지하고, 머리에 떠오른 몇몇 감정을 정리정돈 하여 그 최종적인 결정에 따라야 한다. 그렇게 하면 숙고를 거듭한 끝에 꼭 해야만 할 일을 냉정하게 결정할 수 있을 것이다. 이와 같은 노력이 교육, 아니 적어도 도덕적인 교육을 베푸는 것과 연결되는 것이다."

불만에 가득찬 얼굴은 인생과 어울리지 않는다

최초이자 최고의 도덕적 훈련을 쌓는 의무교육은 가정에서 행해진다. 그 다음이 학교, 마지막은 실생활의 거대한 무대인 사회이다. 하나하나가 다음 단계로 넘어가기 위한 준비기간이다.

우리가 어떤 사람이 되는가 하는 것은 각자가 지내온 환경에 따라서 결정되는 경우가 많다. 가정이나 학교교육의 좋은 점을 하나도 경험하지 못하고 예절교육도 받지 못해 제멋대로 행동하며, 교육도 훈련도 받지 못했다면 이는 자신뿐만 아니라 자신이 일원으로 참가하고 있는 사회로서도 비극이 아닐 수 없다.

규율 있는 가정에서는 훈련이 모든 면에서 철저하게 이루어지고 있을 뿐만 아니라 그것이 조금도 눈에 띄지 않는 법이다.

도덕적 훈련은 자연법칙의 힘과 하나가 되어 행해진다. 훈련을 받는 자는 무의식중에 그 힘에 따라 움직이게 된다. 이 훈련이 우리의 전 인격을 형성하며 평생을 따라다니는 습관을 기른다. 하지만 특별히 훈련을 받았다는 느낌은 거의 받지 못하는 법이다.

어떤 부인의 회상록 속에 가정에서의 훈련이 얼마나 중요한가를 보여주는 재미있는 예가 있다.

한 여자가 부인과 함께 영국과 유럽의 주요 정신병원을 시찰하며 돌아다녔다. 그리고 다음과 같은 발견을 했다. 즉, 병원에 수용되어 있는 환자의 대부분은 형제가 없어 어렸을 때 자신이 바라는 것을 참는 훈련을 받지 못한 사람들이었다. 이와는 반대로 대가족 속에서 자라 자기단련을 배운 사람은 정신병에 걸리는 확률이 매우 적다는 사실을 알 수 있었다.

도덕적 자질은 가정에서의 조기훈련과 주위 사람들의 모범에 의해서 개발됨과 동시에 타고난 성격과 육체적인 건강상태에 의해 좌우되는 부분도 크다.

하지만 주의 깊고 인내심 강한 자제심에 의해 도덕적 자질을 통제하며 훈련을 게을리하지 않는 개개인의 노력도 결코 잊어서는 안 된다. 어떤 유능한 교사는 "성격이나 습관은 라틴어나 그리스어와 마찬가지로 가르칠 수 있는 것이다. 뿐만 아니라 인간의 행복에 있어서는 그것이 더욱 중요하다."고 말했다.

존슨은 기분이 쉽게 우울해지는 성격으로 젊었을 때부터 그것 때문에 고민이었다. "기분이 좋고 나쁨은 그 사람의 의지에 좌우되는 경우가 많다."고 그는 말했다.

무슨 일에나 견디고 만족감을 맛보는 습관을 들이느냐, 불평만 해대는 불만에 가득 찬 상태로 있는 습관을 들이느냐 둘 중 하나이다. 자칫 잘못하면 조그만 악을 과장하고, 커다란 행복을 과소평가하는 버릇이 들어버릴지도 모른다. 하찮은 재앙에 발목이 잡혀 그 희생양이 될지도 모른다. 이처럼 우리는 훈련에 따라서 밝은 성격을 갖게 될 수도, 병적인 성격을 갖게 될 수도 있는 것이다.

매사를 좋은 쪽으로 밝게 해석하고, 인생을 희망적으로 생각하는 습관은 다른 습관과 마찬가지로 훈련과 노력으로 기를 수 있는 것이다.

"무슨 일이 있어도 가장 좋은 부분만을 보려고 노력하는 습관은 1년에 천 파운드를 받는 것보다도 더 가치 있는 것이다."라는 존슨의 말도 결코 과장된 것은 아니다.

인내와 자제심은 인생의 길을 평탄하게 해준다

신앙심이 깊은 사람의 일생은 엄격한 자기 수양과 자제력에 의해 지탱된다. 진지하고 주의 깊으며, 악을 피하고 선을 행하며, 영혼의 영역에 발을 들여놓고, 죽음에 대해서 충실하며, 불행을 견디고, 모든 것을 성취한 뒤에는 가만히 운명을 기다린다.

잘못된 정신과 싸우며 이 세상의 사악을 지배하는 자에는 용감히 맞선다. 굳은 신앙심으로 마음을 깨끗이 하고 지칠 줄 모르고 선을 베푼다. 기력을 잃지 않는 한, 때가 오면 전부 수확할 수 있기 때문이다.

실무에 뛰어난 사람일지라도 엄격한 규칙과 순서에 따를 필요가 있다. 인생에서와 마찬가지로 일에서도 도덕적인 자질이 커다란 역할을 담당한다. 어느 쪽에서나 성공하기 위해서는 성격을 규제하고 자신뿐만 아니라 타인에게도 현명한 지도를 하는 것처럼 주의 깊게 자기를 훈련할 필요가 있다.

인내와 자제심은 인생의 길을 평탄하게 해주며 막혀 있는 여러 길을 개척해줄 것이다. 자존심을 갖는 일 역시 중요하다. 자기 자신을 존경하는 자는 보통 타인도 존경하기 때문이다.

정치나 비즈니스 세계에서도 마찬가지다. 이 분야에서 성공을 거두기 위해서는 능력보다는 성격, 비범한 재능보다는 인격이 더욱 중요하다. 자제심이 없으면 인내력도 약하고 배려심도 없기 때문에 자신은 물론 타인을 지도할 힘도 갖지 못한다.

어느 날 정치가인 피트를 둘러싸고 총리로서 가장 중요한 재능은 무엇인가, 라는 얘기가 나온 적이 있었다. '연설을 잘해야 한다.', '풍부한 지식을 가지고 있어야 한다.', '자신을 돌보지 않고 열심히 일해야 한다.'는 등의 의견이 나왔다. 그러자 피트는 "아니, 전부 틀렸네! 가장 중요한 것은 인내야."라고 대답했다. 여기서 인내란 자제를 말하는 것인데 그런 면에 있어서 피트는 거의 완벽에 가까웠다.

피트의 친구는 피트가 화를 내는 모습을 단 한 번도 본 적이 없다며 감탄했다. 인내는 일반적으로 소극적인 미덕으로 알려져 있지만, 피트는 인내력에 행동, 기력, 기민한 임기응변을 더하여 놀랄 정도로 적극적인 자세를 취했다.

자신 속 '미지의 에너지'

격한 성격을 반드시 나쁜 성격이라고는 말할 수 없다. 하지만 성격이 격할수록 그만큼 자제와 자기 수양이 필요하다.

존슨은 "사람은 나이를 먹어감에 따라서 인간으로 완성되어가며 경험을 쌓을수록 진보한다."고 말했다. 하지만 이것은 그 사람의 성격의 폭이 얼마나 넓고 깊은가, 도량이 얼마나 큰가에 따라 결과가 달라지는 문제다.

사람은 잘못을 저질렀기 때문에 파멸에 이르는 것이 아니라, 그 잘못을 저지른 뒤에 어떤 태도를 취했느냐 하는 것 때문에 파멸하는 것이다. 현명한 사람은 자신이 일으킨 재난을 좋은 약으로 삼아 두 번 다시 같은 실수를 거듭하지 않는다. 하지만 어떤 경험을 해도 무엇 하나 배우려 하지 않고 시간이 흐를수록 더욱 마음이 좁아지고 불쾌해하며 타락해가는 사람도 있는 법이다.

젊은 사람의 경우, 격한 성격이라고 하면 폭발 직전에 있는 미완성의 에너지를 일컫는 경우가 많은데, 그 에너지도 올바른 분출구를 부여하면 유효하게 도움이 될 것이다.

때로는 폭풍우 치는 바다에서 '가만히 견디는 바위'처럼

격한 성격이란 흥분하기 쉬운 강한 의지를 나타내는 말일 것이다. 잘 억제하지 않으면 발작적으로 정열이 폭발해버린다.

하지만 적당히 억제되어 증기기관 속으로 들어간 증기가 사이드밸브와 조압기와 레버에 의해서 조정되듯 이러한 성격도 어떤 힘에 의해서 잘 움직여주면 유효한 에너지원이 되어 틀림없이 사회에 도움이 될 것이다.

역사에 남은 인물 중에도 격한 성격을 가진 사람들이 있었는데 그들은 자신의 원동력을 엄격하게 규제하고 컨트롤하는 굳은 결의도 함께 가지고 있었던 것이다.

크롬웰도 젊었을 때는 몰상식하고 격한 성격을 가진 사람이었다고 한다. 화를 잘 내며, 무슨 생각을 하고 있는지도 모르겠고, 무서울 것도 없었던 성격은 젊고 왕성한 에너지와 결합하여 여러 가지 형태로 혈기에 넘친 잘못을 저지르게 했다. 태어난 고향에서는 유명한 불량배로 여겨질 정도로 오직 악의 길로만 치달을 것처럼 보였다. 그런 그를 구한 것은 종교의 힘이었다.

칼뱅주의의 엄격한 규율이 미친 듯 날뛰던 그의 성격을 조용히 잠재우는 데 성공했다. 그리고 왕성한 에너지는 전혀 새로운 방향으로 불타올라 공적인 장소에서 그 분출구를 찾기 시작했다. 그 결과 그는 20년 가까이에 걸쳐서 영국의 전역을 뒤흔들 만한 강력한 영향력을 갖게 되었다.

네덜란드 나소 가의 영웅적인 왕자들도 모두 자제력과 자기희생, 강한 목표의식을 가지고 있었다는 점에서 뛰어난 인물들이었다고 말할 수 있다. 초대 총독이었던 윌렘 1세가 윌렘 더 사일런트(침묵)라고 불렸던 것은 말수가 적은 사람이었기 때문이 아니라, 말하지 않는 것이 현명하다고 생각될 때는 입을 다물고, 조국의 자유를 위협할 우려가 있다고 생각될 때는 자신의 의견을 적극적으로 주장했기 때문이었다.

필요하다고 생각되면 그는 자신의 의견을 힘차게 발표했다. 평소 그의 태도가 너무나도 온화하고 은근했기 때문에 대립하는 사람들 중에는 그를 내성적이고 우유부단한 사람이라고까지 혹평한 자들도 있었다. 하지만 반드시 행동해야 할 때 보여준 그의 용기는 영웅적인 것이었으며, 그의 강한 결단력은 누구에게도 뒤지지 않았다.

윌렘 1세의 친구는 그를 이렇게 표현했다

'성난 파도가 미쳐 날뛰는 폭풍우 속의 바다에서 가만히 견디고 있는 바위'

대성할 사람은 '격한 감정과 억제'의 균형을 적절히 유지할 줄 안다

모틀리는 윌렘 더 사일런트와 워싱턴을 비교했다. 이 두 사람에게는 많은 공통점이 있었다. 워싱턴은 윌렘과 마찬가지로 존엄함과 용기, 순수함, 그리고 인간으로서의 최고의 자질인 권화(權化)라는 면에서 역사 속에서도 특히 눈에 띄는 인물이다.

그는 어려움이나 위험에 직면했을 때조차도 자신의 감정을 억제하려 했는데 그런 그의 모습은 선천적으로 침착하고 둔한 성격을 가진 사람이 아닐까 생각될 정도였다.

하지만 워싱턴은 원래 성격이 격하고 어떤 일에 쉽게 열중하는 스타일이었다. 타인에게 보여준 다정함과 온화함, 예의 바름, 배려 등은 모두 소년시절부터 끊임없이 실행해온 엄격한 자제와 자기 수양의 결과물이었던 것이다.

워싱턴의 전기를 저술한 사람은 이렇게 말했다.

"그는 한 가지 일에 열중하기 쉬운 정열적인 성격을 가지고 있었다. 그런 그가 여러 가지 유혹과 자극을 뿌리칠 수 있었던 것은 감정을 억제하는 노력을 언제나 게을리하지 않았기 때문이다. 그는 격한 감정을 가지고 있었기 때문에 이를 통제하지 못할 때도 있었지만, 그것을 곧 억제할 수 있는 힘까지도 가지고 있었다. 그의 인격 중에서 가장 눈에 띄는 것은 강한 자제심이 아닐까? 훈련의 결과 그렇게 된 부분도 있겠지만 어느 정도는 타인에게 주어지지 않은 이런 힘을 그는 선천적으로 타고난 것으로 보인다."

시인 워즈워스는 어렸을 때 고집 세고 변덕스러우며 난폭해서 체벌을 가해도 고집을 피우며 반항을 했다. 하지만 인생경험에 의해 그의 성격이 단련되어 점점 자제심을 발휘하는 법을 배우게 되었다.

어렸을 때의 성격은 후에 그의 작품을 공격하는 사람들과 맞설 때 도움이 되었다. 자신의 재능에 대한 자기의식과 함께 워즈워스의 일생을 가장 특징 있는 것으로 만들어준 것은 자존심과 독립정신일 것이다.

순간적으로 살아가는 삶의 덧없음

육체적으로는 약하다 할지라도 밝은 성격을 가진 사람이라면 그의 영혼은 행동적이고 강인하여 매우 뛰어난 것이 된다.

틴들 교수는 패러데이의 성격과 학문에 대한 자기희생적인 모습을 명쾌하게 설명했다. 그 속에서 패러데이를 '강한 독창성과 불과 같은 격렬함을 가지고 있지만, 다정함과 섬세함을 잃지 않은 사람'이라고 묘사했다.

"다정하고 조용한 그의 태도 밑에는 화산과도 같은 열이 숨겨져 있었다. 그는 무엇인가에 열중하기 쉬운 격한 성격을 가진 사람이었지만 흔히 볼 수 없는 자기 수양을 통해서 그 정열을 인생에서 가장 소중한 것에 쏟아부어 목적 달성을 위한 힘으로 바꿨던 것이다. 한때의 정열에 휩싸여 무의미하게 그 힘을 낭비한 적은 단 한 번도 없었다."

패러데이의 인격 중에서도 특히 주목할 만한 뛰어난 장점이 한 가지 있다. 그것은 자제와 같은 것이라 할 수 있는 자기희생이다. 분석화학 연구에 몰두하고 있던 그는 마음만 먹으면 경제적으로도 막대한 부를 손에 넣을 수 있었다. 하지만 패러데이는 그와 같은 유혹을 뿌리치고 순수하게 학문을 추구하는 길을 선택했다.

"대장장이의 아들이자 제본소 견습생이었던 그는 앞으로의 인생을 생각하여 15만 파운드의 재산을 택할 것인가 한 푼도 돈이 되지 않는 학문을 택할 것인가를 결정해야만 했다. 그는 학문을 선택했다. 그리고 가난한 생활을 하다 죽음을 맞았다. 하지만 패러데이의 이름은 영국의 학회에 영광을 가져다준 자로서 높이 평가되어야만 한다."

행복을 잡기 위해서는 행동뿐만 아니라 말도 컨트롤할 필요가 있다. 주먹으로 때리는 것보다 더 깊은 상처를 사람에게 주는 말도 있는 법이다. 사람은 검을 사용하지 않고서도 독기 담긴 말로 상대방의 가슴을 찌를 때가 있다.

'언어의 일격은 창의 일격보다 더 날카롭다.' 는 프랑스의 속담이 있다. 신랄하고 재치 있는 말이 목구멍까지 올라왔을 때 그것을 소리 내어 말하면 상대방이 곤란해할 것이라는 사실을 알고 있으면서도 그 말을 참기란 그 얼마나 어려운 일인가?

스웨덴의 여성작가인 브레메르는 저서 『가정』에서 다음과 같이 말했다.

'신은 말이 가지고 있는 파괴적인 힘으로부터 우리를 지켜주신다! 날카로운 칼보다도 더 깊이 가슴을 찢어놓는 말이 있다. 평생 가슴에 박힌 채 잊을 수 없는 말이 있다.'

말 한마디에 운명까지도 좌우된다

말을 어떻게 주의하느냐 하는 것을 통해서도 그 사람의 인격을 알아볼 수 있다. 분별력 있게 억제할 줄 아는 사람은 타인의 감정을 희생하면서까지 모욕적이고 가차 없는 말을 입 밖으로 내려하지는 않는다. 하지만 둔감한 사람은 입을 조심하지 않고 생각나는 대로 전부 말을 하기 때문에 가령 농담이라 할지라도 친구에게 상처를 주게 된다.

"현명한 사람의 입은 마음에 있으며, 어리석은 사람의 마음은 입에 있다."고 말한 것은 솔로몬이다.

하지만 어리석은 사람이 아니라 할지라도 참으려는 마음과 자제력이 부족하기 때문에 앞뒤를 생각하지 않고 쓸데없는 말을 해버리는 경우도 있다.

머리를 재빨리 회전시켜, 그곳의 분위기에 휩쓸려 내뱉는 것임에 틀림없는 말을 하는 충동적인 천재는 비아냥거림이나 비꼬는 말을 제멋대로 하기 마련이다. 언젠가는 그 말이 자신에게로 되돌아와 치명상을 입게 될 것이다. 상대방을 놀릴 생각으로 기지에 넘친 심술궂은 말만 하다 결국에는 실각한 정치가도 있다.

"우리는 말 한마디 때문에 수많은 우정과 국가의 운명이 갈린다는 사실을 명심해두어야 한다."고 벤담은 말했다. 기지에 넘치기는 하지만 상대방이 가혹하다고 생각할지도 모를 글을 쓰고 싶을 때는 참기 어렵겠지만 우선은 펜을 내려놓는 편이 좋을 것이다.

"때로는 거위의 울부짖음이 사자의 발톱보다 더 아픔을 느끼게 하는 경우도 있다."는 스페인의 속담도 있다.

칼라일은 크롬웰에 대해서 "그는 자신의 기분을 마음에 담아두지 못했기 때문에 남을 배려하는 마음을 보이지 못했다."고 말했다. 윌렘 더 사일런트에 대립했던 사람들은 그가 거만하거나 경솔한 말을 하는 것을 들어본 적이 없었다고 감탄했다. 워싱턴 역시 말을 할 때는 신중하게 언어를 선택하여, 적을 윽박지르거나 논의에서 일시적인 승리를 얻으려 하지 않았다.

결국 세상 사람들은 어느 순간에 어떤 식으로 침묵을 지켜야 하는가를 알고 있는 현명한 사람 주위에 모여 그를 지지하게 되는 법이다.

'침묵보다 뛰어난 말'을 하라

경험을 풍부하게 쌓은 사람이 "그때 말하는 게 아니었다."라며 후회하는 모습을 흔히 볼 수 있다. 하지만 침묵한 것이 실수였다며 후회하는 말은 한 번도 들어본 적이 없다.

"침묵하라. 아니면 침묵보다 뛰어난 말을 하라."고 피타고라스가 말했다.

조지 허버트는 "상황에 맞는 말을 해야 한다. 그것이 불가능하다면 입을 다물어라."라고 말했다.

시인 리 헌트가 '신사적인 성인'이라 부른 반종교개혁의 지도자, 프랑스의 가톨릭 주교 프랑소와 드 사르는 "까탈스러운 어조로 진실을 말하느니 차라리 침묵을 지키는 편이 낫다. 맛있는 요리에 맛없는 소스를 치는 것과 같은 행동이니."라고 말했다. 그리고 사르와 마찬가지로 프랑스의 가톨릭 신학자인 라코르데르는 말을 으뜸으로 침묵을 그 다음으로 생각했다. 그의 말에 따르면 "침묵은 말 다음으로 강한 힘을 가지고 있다."는 것이다.

때를 얻은 말은 그 얼마나 강력한가? 웨일즈에 내려오는 오랜 속담 중에 '황금의 언어는 축복받은 자의 입에 있다.'는 말이 있다.

스페인의 유명한 시인 레온에 대한 다음과 같은 일화는 그의 자제심이 얼마나 강한지 잘 보여주는 것이다.

그는 성경의 일부를 스페인어로 번역한 죄로 종교재판에 회부되어, 어두운 감옥 속에 몇 년간 갇혀 있었다. 그러다 석방되어 다시 교수직으로 돌아가게 되었다. 첫 강의에 몰려든 수많은 사람들은 오랜 감옥 생활에 대한 얘기를 들을 수 있을 것이라는 기대를 품고 강의에 귀를 기울였다.

하지만 레온은 자신을 감옥에 가둔 사람들을 비난할 만큼 어리석지도 않았고 거칠지도 않았다. 그는 5년 전에 중단할 수밖에 없었던 강의를 재개했으며 예전과 다름없는 인사를 마친 뒤 바로 본론으로 들어갔다.

실패한 사람을 용서할 수 있는가?

반대로 화를 내는 것이 당연할 뿐만 아니라 필요하기조차 한 경우도 있는 법이다. 기만이나 이기적인 행동, 잔혹한 행위 앞에서 분노를 느끼는 것은 당연한 일이다. 인간다운 감정을 가지고 있는 사람은 비록 자신과 상관없다 할지라도 비열하고 천박한 것에 대해서는 그것이 무엇이든 자연스럽게 화를 내는 법이다.

"분노를 느끼지 못하는 사람은 한심한 사람이다. 세상에는 악인보다 선인들이 더 많지만 악인은 선인보다 대담하다는 이유만으로 우위를 확보하고 있다.

우리는 아무래도 결단력 강한 사람을 칭찬하게 된다. 우리가 곧잘 악인의 편을 들게 되는 것은 악인이 그런 힘을 가지고 있기 때문에 불과한 것이다. 나는 틀림없이 말하지 말았어야 했는데, 라며 곧잘 후회하곤 한다. 하지만 가만히 있는 게 아니었다며 분하게 여기는 적도 결코 적지 않다."

펠테스 씨는 이렇게 말했다.

정의를 사랑하는 사람은 잘못된 일이나 부정한 행위를 보고도 못 본척하지 않는다. 기분이 고조되면 마음에 쌓였던 것을 격렬한 어조로 표현한다.

하지만 우리는 경솔하게 타인을 경멸하지 않도록 조심해야만 한다. 선량한 사람은 자칫 일을 서두르는 경향이 있다. 열정을 나타내는 그 성격이 그대로 속 좁음을 나타내는 경우도 종종 있는 법이다.

도량이 넓지 못한 것을 고치는 가장 좋은 방법은 지식을 넓히고 인생의 경험을 쌓는 것이다.

분별력 있는 사람이란 일상생활에서 일어나는 현실적인 일들을 공평하게 판단하고 남을 배려하는 신중한 행동을 할 줄 아는 사람을 가리키는 경우가 많다. 즉, 교양과 경험을 모두 갖추고 있는 사람은 모두 마음이 넓고 자신을 억제할 수 있다. 어리석고 마음이 좁은 사람은 모두 집념이 강하며 편협한 사고를 가지고 있다.

도량이 넓은 사람은 가지고 있는 실용적인 지식에 어울리게 타인의 결점이나 약점을 관대하게 포용한다. 인격형성 과정에서 익혔어야 할 환경을 컨트롤하는 힘과, 잘못과 유혹에 빠지기 쉬운 인간의 나약한 저항력을 고려할 줄 아는 여유를 가지고 있기 때문이다.

괴테는 이렇게 말했다.

"내가 지금까지 봐온 죄악은 모두 자칫 잘못했으면 나도 저질렀을지도 모를 그런 것들뿐이었다."

인생의 대부분은 자신의 마음가짐에 따라서 뜻대로 만들어갈 수 있는 법이다. 밝은 사람은 인생을 즐겁게, 어두운 사람은 인생을 답답하고 어둡게 살아간다. 자신의 성격이 그대로 주위 사람들을 통해서 자신에게 되돌아온다는 것은 흔히 경험할 수 있는 일이다. 집념이 강하고 배려하는 마음이 없으면 주위 사람들도 자신에게 같은 태도를 취한다.

어느 날 밤, 파티를 마치고 돌아가던 사람이 순찰 중이던 경찰에게, 수상한 사람이 자기 뒤를 쫓아온다고 말했다. 조사해봤더니 놀랍게도 그것은 그 사람의 그림자였다는 사실이 밝혀졌다. 이와 비슷한 경험은 누구나 해봤을 것이다. 인생은 대부분이 자신을 비추는 거울인 것이다.

상대방에게 호감을 주고 싶다면 자신이 먼저 호감을 가져라

타인과 친하게 지내고 신뢰받고 싶다면 먼저 상대방의 인격에 대해 호의를 표해야 한다. 사람의 얼굴과 모습이 모두 다르듯이 사고방식과 성격도 각양각색, 각자가 특징을 가지고 있다. 타인과 친하게 지내고 신뢰받고 싶다면 나도 그 각각의 차이를 받아들여야만 한다. 남들과 다른 자신의 특징을 깨닫는다는 것은 그리 쉬운 일이 아니지만 다른 사람들 눈에는 그것이 뚜렷하게 보인다.

남아메리카의 마을 중에는 갑상선이 부어 생긴 혹을 가진 사람들이 많이 살고 있는 곳이 있다. 그것이 없으면 이상한 사람 취급을 받는다. 어느 날 한 무리의 영국 사람들이 이 마을을 지나게 되었다. 그 영국 사람들을 무시한 마을 사람들은 큰소리로 이렇게 외쳤다고 한다.

"저 사람들을 봐! 혹이 하나도 없어!"

자신이 가지고 있는 남들과 다른 점에 대해서 다른 사람들이 어떻게 생각하고 있는지 신경을 쓰고 있는 사람들이 의외로 많다. 타인의 차가운 태도에만 너무 신경을 쓰다 결국에는 절망에 빠져버리고 마는 사람들도 있다.

주위 사람들이 냉정하고 가차 없는 태도를 보이는 것은 내가 성급하고 배려하는 마음이 없기 때문일 경우가 많다. 자신이 고민하고 있는 걱정거리가 사실은 스스로 만들어낸 상상의 산물인 경우는 그보다 더욱 많다.

남들이 나를 배려하는 마음이 없는 사람이라 생각한다 할지라도 그들에게 화를 내어 문제를 해결하려 들어서는 안 된다. 화를 내면 상대방의 변덕스러운 마음이나 비뚤어진 근성에 쓸데없이 몸을 노출시키는 결과만을 가져오기 때문이다.

"자신의 입을 통해서 말한 적의가 자신의 가슴속으로 되돌아오는 것을 흔히 볼 수 있다."

조지 허버트는 이렇게 말했다.

적의에는 신경 쓰지 말고 호의는 민감하게 포착할 것

위대하고 선량한 학자인 패러데이는 현실에 맞는 지식과 풍부한 경험에서 태어난 멋진 충고를 친구인 틴들 교수에게 적어 보냈다.

'오랜 경험을 통해서 지금은 어느 정도 세상일을 알게 된 이 노인이 한마디 하는 것을 허락해주기 바라네.

젊은 시절의 나는 사람의 기분을 정확하게 파악하지 못했기 때문에 나의 상상과 그 사람의 참된 기분이 서로 엇갈리곤 했다. 일반적으로 말해서, 적의를 품고 있는 것처럼 생각되는 말에는 가능한 한 이해하지 못하겠다는 얼굴을 하고, 반대로 상대방이 다정하게 호의를 표시한다고 생각되면 바로 그것을 포착하도록 하는 편이 좋은 듯하다.

진의는 언젠가 반드시 모습을 드러내기 마련이다. 그리고 자신과 대립하는 상대방에게 잘못이 있는 경우라도 말로 몰아세우기보다는 관대한 마음으로 대하면 상대방은 자신의 잘못을 순순히 인정하게 된다. 즉, 이치에 어긋나는 편견의 결과는 모르는 척하고 호의와 친절은 민감하게 포착하는 것이 좋다는 얘기다.

　사람은 평화를 가져오려고 노력하는 편이 더 행복하다. 상대방의 반대에 부딪쳤을 때, 그 상대방을 얕잡아보고 올바로 이해하려 하지 않고 혼자서 분노를 참지 못해 치를 떨었던 적이 그 얼마나 많았던가? 자네는 상상할 수도 없을 걸세. 그래도 나는 최선의 노력을 다해 그 분노를 겉으로 드러내지 않고 마음을 억누르는 데 성공했다고 생각하네. 그 점에 있어서만은 내 자신을 잃은 적이 단 한 번도 없었다고 확신할 수 있네.'

자제심은 여러 가지 형태로 표현된다. 그것이 가장 뚜렷하게 나타나는 것은 성실한 삶을 통해서다. 자기희생의 미덕이 없으면 이기적인 욕망의 노예가 될 뿐만 아니라 자신과 매우 비슷한 사람의 포로가 되어버리기까지 한다.

그의 흉내를 내며 자신도 같은 행동을 한다. 자신의 소속계급을 지배하고 있는 자를 날조된 수준으로까지 따르지 않으면 마음이 편하지 않다. 자신의 수입은 생각지도 않고 무리를 해서 이웃을 흉내내어 무리하게 돈을 사용한다. 주위 사람들이 하는 행동에 하나하나 동조하며 그것을 그만둘 도덕적 용기도 가지고 있지 않다. 타인의 돈을 써서라도 생활수준을 높이고 싶다는 욕망을 억제하지 못한다.

이렇게 점점 빚이 늘어나게 되어 결국에는 거기서 헤어나지 못하게 된다. 도덕적 비열함, 우유부단한 성격, 의연한 독립심의 결여 등이 이 모든 것의 원인인 것이다.

마음이 올바른 사람은 자신의 거짓된 모습 보기를 망설이지 않는다. 돈도 없으면서 부자인 척하거나, 자신이 놓인 환경에 어울리지도 않는 생활을 해보고 싶다고는 생각지도 않는다. 부정하게 타인의 돈에 의지하려 하지 않고 자기 수입의 범위 안에서 성실하게 살아가겠다는 용기를 가지고 있다. 수입 이상의 생활을 하고 싶어서 빚을 지는 사람은, 부정하다는 면에서 보자면 타인의 지갑을 훔치는 소매치기와 조금도 다를 바 없는 것이다.

대부분의 독자들은 이 생각이 너무 극단적이라고 생각할지 모르겠지만 사실은 이 세상에서 가장 혹독한 시련인 것이다. 남의 돈으로 생활하는 것은 부정한 수단일 뿐만 아니라 거짓된 행동이기도 하다.

내 경험에 의하면 "돈을 꾸는 자는 거짓말쟁이다."라는 조지 허버트의 격언은 참으로 옳은 말이다.

정치가 샤프트버리는 "자신이 가지고 있지 않은 것을 바라며 언제나 자신의 입장을 생각하지 않고 타인의 지위를 얻고 싶어 초조해하는 마음이 모든 부도덕의 근원이다."라고 말했다.

"조그만 도의에 사로잡혀 있으면 커다란 도의를 보지 못한다."는 프랑스 혁명가 미라보의 위험한 말을 믿어서는 안 된다. 사실은 그 반대로 조그맣고 말초적인 도의에까지 신경을 쓰는 마음이 훌륭한 인격의 기초가 되는 것이다.

돈에 관해서는 분수를 알고 '천상의 꽃'을 좇아서는 안 된다

절개와 지조를 지키는 사람은 돈을 절약하여 빚을 지지 않고 살아간다. 분수에 넘치는 생활을 바라거나 파멸과 맞바꾸는 것이나 다름없는 빚에 발목을 잡히거나 하지 않는다. 자신의 욕망을 채우고도 충분히 남을 만큼의 수입이 있으면 부자지만, 수입이 적어도 욕망을 컨트롤할 수만 있다면 결코 가난한 것이 아니다.

펠테스는 이렇게 말했다.

"다른 것은 모르겠지만 자기 본위적인 이기심만은 용서할 수 없다. 제 아무리 가난한 환경이라 할지라도 '내 것, 네 것'이라는 엄격한 구분이 있다. 이 세상에서 가장 가난한 사람이야말로 자기 수입의 한계를 넘지 않도록 알뜰하게 가계를 관리하고 금전을 생각하며 하루하루의 생활을 충족시킬 필요가 있다."

학문을 추구하기 위해서 부를 버린 패러데이처럼 한층 더 높은 차원의 동기 때문에 금전에 집착하지 않는 사람도 있을 것이다. 하지만 가령 그가 돈으로 살 수 있는 즐거움에 관심을 갖게 되었다 할지라도 지불 능력이 없다고 해서 빚을 지는 습관을 익혀 타인의 지갑에 의존하는 무리들과는 달리 열심히 일을 해서 그 즐거움에 필요한 돈을 손에 넣을 것임에 틀림없다.

외상으로 물건을 사는 것도 적당한 선을 지켜야만 한다. 지불할 돈도 없으면서 신용으로라도 물건을 손에 넣고 싶다는 욕망을 이기지 못하는 사람들이 많다.

'어떤 특수한 조건으로 맺어진 부채계약에 대해서는 채권자의 손해를 보증한다.'는 법률이 무효화된다면 사회적으로도 커다란 공헌을 할 것이다. 하지만 현실을 살펴보면, 격렬한 경제경쟁 속에서는 소비자에게 부채를 장려하는 경향이 강하고 빌리는 쪽은 궁지에 몰린 자신을 원조해줄 법률에 의지하고 있는 형편이다.

평론가 시드니 스미스가 새로운 지방으로 이사 갔을 때의 일이었다. 그가 돈을 잘 쓰는 고객이라는 기사가 지역 신문에 나자 수많은 가게에서 꼭 자신의 가게를 이용해달라고 청해왔다. 하지만 그는 바로 이런 말로 새로운 이웃들을 깨우쳐주었다.

"저는 특별한 인간이 아닙니다. 자신의 빚은 자신의 힘으로 갚는 평범하고 성실한 사람입니다."

해즐릿은 돈을 함부로 쓰는 편이었지만 언제나 성실함을 잃지는 않았다. 그는 비슷해 보이는 두 종류의 사람에 대해서 이렇게 이야기했다.

"하나는 일단 수중에 들어온 돈은 전부 사용해버리는 씀씀이가 큰 사람. 그는 뒤에 문제가 일어나지 않도록 처음 눈에 들어온 물건을 사기 위해 기꺼이 돈을 지불한다. 따라서 언제나 금전결핍병에 걸려 있다. 또 다른 하나는 타인의 지갑에서 손을 떼지 않는 사람. 그는 자기가 가지고 있는 돈을 사용한 후에 상대방이 누구든 상관하지 않고 끝없이 돈을 빌린다. 하지만 긴 안목으로 보자면 타인에게서 돈을 끌어들이는 재능은 결국 그를 다시는 일어서지 못하게 할 것이다."

'상식'이 있는 사람이었기에
위대한 업적을 남길 수 있었던 스콧

스콧이 『쿼털리 리뷰』 지에 기고한 글이나 『우드스톡』, 『카논게이트 연대기』, 『할아버지의 이야기』, 『나폴레옹전』(그는 나폴레옹의 죽음에서 자신의 죽음을 느끼고 있었다) 등의 작품을 고뇌와 슬픔과 절망에 휩싸인 채 어떤 기세로 써내려갔는지는 여러분도 잘 알고 계실 것이다. 이들 작품으로 얻은 수입은 전부 채무를 갚는 데 사용되었다.

"잠 못 이루는 밤이 계속되었지만 지금은 채권자들이 고맙게 여기고 있다는 만족감과 성실한 인간으로서의 의무를 다했다는 명예와 충실감으로 깊은 잠을 잘 수 있게 되었다. 눈앞에 길고 지루하고 어두운 길이 보이지만 그것은 때묻지 않은 자신의 신용으로 향하는 길이다. 그럴 가능성이 높다. 설령 괴로워하며 죽는다 할지라도 나는 명예를 잊지 않고 죽어갈 것이다. 만약 내 일을 무사히 마칠 수만 있다면 걱정해줬던 모든 사람에게 감사를 드리고, 나의 양심을 인정받을 생각이다."

이후에도 스콧은 『가이언스타인의 안』, 『속 할아버지의 이야기』 등 수많은 소설과 회상록, 설교들을 발표했다.

그리고 다시 펜을 잡을 수 있을 만큼 회복되자마자 바로 책상에 앉아 백과사전 편찬을 위한 스코틀랜드 역사를 쓰기 시작했고, 프랑스 역사를 제재로 삼은 『할아버지의 이야기』 시리즈 제4권 등을 쓰기 시작했다. 의사는 소용없는 일이라는 사실을 알면서도 더 이상 일을 계속해서는 안 된다고 설득했다. 하지만 스콧은 의사의 말에 귀를 기울이지 않았다.

스콧은 의사에게 이렇게 말했다.

"내게 일을 하지 말라고 명령하는 것은, 불 위에 주전자를 올려놓고

'주전자야 끓어오르면 안 된다.' 라고 말하는 것과 같은 것이다. 아무 것도 하지 않고 그냥 있으면 미쳐버릴 것 같다!"

상상을 초월하는 노력으로 얻은 이익 덕분에 부채액은 점점 줄어들었다. 스콧은 앞으로 몇 년 만 더 있으면 빚에서 해방되어 자유로워질 수 있다는 확신을 갖게까지 되었다. 하지만 그렇게는 되지 않았다. 그는 계속해서 『파리의 로버트 백작』 등의 작품을 발표했는데 기교적인 면에서 많이 떨어진 모습을 보였고, 곧 전보다 더욱 격렬한 마비가 찾아왔다.

그도 드디어 인생의 끝이 가까이 왔음을 느꼈다. '무엇을 해도 예전의 자신' 이 아니었지만 그는 용기와 인내력을 잃지 않았다.

그는 일기에 이렇게 적었다.

'나는 매우 괴로웠다. 그것은 정신적인 괴로움이 아니라 육체적인 괴로움이었는데 종종 이대로 눈을 뜨지 말고 계속 잠들었으면 좋겠다는 생각이 들 정도다. 하지만 가능하다면 이 괴로움을 밖으로 내몰고 싶은 심정이다.'

인간에게 있어 '최고의 훈장'

스콧은 다시 『위험한 성』을 쓸 수 있게 될 정도로 회복되었지만 노련한 필력은 완전히 자취를 감춰버리고 말았다. 그 후 몸을 쉬며 건강을 회복하기 위해 그는 마지막으로 이탈리아 여행을 떠난다.

나폴리에 머물 때는 주위의 충고도 듣지 않고 매일 아침마다 소설을 위해 많은 시간을 썼다. 하지만 그 소설은 세상의 빛을 보지 못했다.

아보츠포드로 돌아온 그를 기다리고 있던 것은 죽음이었다.

"나는 여러 군데를 둘러보고 왔다. 하지만 우리 집만큼 좋은 곳은 보지 못했다. 다시 한 번 기회를 주기 바란다."

병상에서 회복되었을 때 그가 남긴 마지막 말 중에서 이 말은 그에게 아주 잘 어울리는 문장이다.

"틀림없이 나는 가장 많은 작품을 쓴 현대 작가일 것이다. 하지만 그 누구의 신념도 뒤흔들지 않도록, 그 누구의 신념도 파괴하지 않도록 노력했다는 점, 그리고 마지막 침상에 누워 그대로 매장해버리고 싶다는 생각이 드는 작품은 하나도 쓰지 않았다는 점을 생각하면 마음이 편안해진다."

그가 양아들에게 부탁한 마지막 명령은 "너와 함께 이야기를 나눌 수 있는 시간도 이제 얼마 남지 않았다. 사랑하는 아들아! 덕을 갖고, 신을 믿고, 올바른 인간이 되어라. 마지막 침상에 누웠을 때 네게 만족감을 안겨줄 수 있는 것은 이것밖에 없단다."라는 것이었다.

아들의 헌신적인 행동은 위대한 친족의 이름을 결코 더럽히지 않았다.

그가 후에 발표한 『스콧 전기』는 몇 년에 걸쳐서 집필한 역작인데 작품으로서도 눈에 띄는 성공을 거뒀다. 하지만 금전적인 이익에는 전혀 손을 대지 않고 스콧의 채무를 위해 그것을 사용했다. 그에게는 아무런 책임도 없는 빚이었지만 명예를 중히 여겼던 위대한 아버지의 영향을 받아 빛나는 업적을 남긴 고인을 기념하여 취한 행동이었다.

CHAPTER

식견을 높인다

인 생 의 가 르 침 을 어 디 서 읽 어 낼 것 인 가 ?

좋은 책이야말로 최고의 인생이 가득 담긴 '고급 항아리'이다. 인간의 일생이란 그 사람이 만들어낸 사상의 세계에 다름 아니다. 즉 최고의 책이란 뛰어난 언어와 사상의 보고이며, 그것은 우리의 가슴에 새겨져 언제나 위로를 주는 친구가 되는 것이다.

인내심 강하고 결코 배신하지 않는 '친구'

흔히 사귀고 있는 친구를 보면 그 사람을 알 수 있다고 하는데, 읽고 있는 책을 통해서도 그 사람의 인격을 엿볼 수가 있다.

그것은 사람과 책 사이에서도 사람들 사이에서와 같은 접촉이 일어나기 때문이다. 따라서 우리는 언제나 보다 뛰어난 사람을 선택해야만 한다.

그런 의미에서 양서는 최고의 친구라 할 수 있다. 이는 과거, 현재, 미래를 막론하고 변함없는 사실이다. 양서는 인내심 강하고 즐거운 친구다. 우리가 역경에 빠져도, 실의의 밑바닥까지 떨어져도 결코 우리를 버리지 않고 언제나 다정하게 우리를 받아준다. 젊은 시절에는 책을 통해 즐기며 배울 것도 많다. 그리고 나이가 든 후에는 우리에게 위로와 격려를 준다.

취미가 비슷한 사람끼리 교제를 시작하는 경우가 있듯이 독서를 사랑하는 마음이 서로 통해서 상대방에게 친근감을 느끼게 되는 경우도 있다.

'나를 사랑한다면 내 개도 사랑해줘.'라는 옛말이 있는데 '나를 사랑한다면 내 책도 사랑해줘.'라고 말하는 편이 훨씬 더 함축적이다. 책이 더 높은 차원에서 두 사람을 굳게 연결하는 고리가 되기 때문이다.

예를 들자면 좋아하는 작가의 작품을 읽고 함께 감동하고 생각하며 공감할 수가 있다. 모두 하나가 되어 그 작가의 세계에서 살고, 작가는 한 사람 한 사람의 가슴속에서 살고 있는 것이다.

"책은 우리 마음속에 소리도 없이 스며들며, 시의 한 행은 혈액에 녹아 우리 몸을 뛰어다닌다. 사람은 청년시절에 독서에 시간가는 줄 모르고 늙어서는 그것을 추억한다.

책 속에는 타인의 신변에서 일어난 일이 적혀 있으며 우리는 그것을 마치 자신의 문제인 것처럼 느낀다. 그것은 어디에나 있으며 누구나 즐길 수 있는 것이어야만 한다. 우리는 책을 통해서 그 분위기를 느낄 수 있다. 글에 활기를 부여하는 것은 모두 작가의 실력에 의한 것이다."

이것은 수필가 해즐릿의 말이다.

최고의 인생이 가득 담긴 '고급 항아리'

양서는 한 사람의 생애를 담은 고급스러운 항아리인 경우가 많다. 안에는 그 사람이 익힌 최고의 사상이 가득 들어 있다.

인간의 일생이란 그 사람이 만들어낸 사상의 세계에 다름 아니다. 즉, 최고의 책이란 뛰어난 언어와 사상의 보고이며, 그것은 우리의 가슴에 새겨져 언제나 위로를 주는 친구가 되는 것이다.

16세기의 시인이자 군인이었던 필립 시드니는 "품격 높은 사상을 반려로 삼는다면 사람은 결코 고독하지 않을 것이다."라고 말했다.

조상들의 순수하고 올바른 사상은 우리가 유혹에 질 것 같은 때에 자비심 깊은 천사처럼 다음에 취해야 할 행동의 싹을 보여줘 우리를 인도한다. 대부분의 훌륭한 일이 뛰어난 말에서 힘을 얻어 이루어진 것이라는 사실을 보면 그것을 쉽게 알 수 있다.

예를 들어서 인도 행정관으로 있었던 군인 헨리 로렌스 경은 워즈워스의 『행복한 전사의 인격』을 높이 평가하여 그 작품을 자신의 생활에 그대로 도입하려고 노력했다. 그는 늘 이 책에 대해서 생각하였으며 사람과 이야기를 나눌 때도 곧잘 그 내용을 인용하곤 했다.

'그는 자신도 그 책처럼 살아야겠다고 생각하고 성격을 거기에 맞추기 위해 노력했다. 진지한 열의를 품고 있으면 무슨 일에나 성공을 거두는 법으로 그도 멋지게 그런 생각을 관철시켰다.'

로렌스의 전기에 이렇게 기록되어 있다.

책에는 영원성이 있기 때문에 인간이 힘을 기울여 낳은 것 중에서는 누가 뭐래도 가장 긴 생명력을 가지고 있다. 신전은 곧 무너져 폐허가 되며 그림이나 조각은 파손되어버리지만 책은 그 형태 그대로 남는다.

위대한 사상은 시간의 흐름과는 상관없이 먼 옛날 작가의 마음에 싹텄을 때와 마찬가지로 싱싱함을 아직도 유지하고 있다. 그때 작가의 머리에 떠올라 입을 통해서 나온 말은 인쇄된 책의 페이지를 통해서 아직도 생생하게 우리에게 말하고 있다.

그런 속에서 시간이 한 일은 오직 하나, 악서를 체로 걸러서 추방해

낸 것이다. 참으로 좋은 작품이 아니면 문학의 세계에서는 살아남을
수 없기 때문이다.

마음의 '공명'이 만들어내는 거대한 에너지

책은 가리고 가려서 뽑힌 사람들만이 모이는 사교계로 우리를 안내
하며, 뛰어난 사람들에게 우리를 소개해준다.

우리는 그들의 말과 행동을 눈앞에서 보고 마치 그 사람들이 현실에
살아 있는 것 같은 느낌을 받는다. 우리도 그 사상에 참가하여 함께
기뻐하고 슬퍼하며 공감한다. 작자의 경험은 나의 경험이 되고 그들
이 그려낸 무대를 배경으로 함께 주연이 된 듯한 느낌을 갖게 된다.

이 무대에서도 위대하고 훌륭한 사람은 퇴장하는 일이 없다. 그들
의 정신은 책 속에 기록되어 전 세계로 퍼져나간다. 책은 살아 있는
목소리, 우리가 지금도 귀를 기울이는 지성의 목소리다. 바로 그렇기
때문에 우리는 지난날의 위대한 인물의 영향을 지금도 받고 있는 것
이다.

예를 들어서 호메로스처럼 세계적으로 이름을 드날린 위대한 지식
인들은 옛날 모습 그대로 아직도 살아 있다. 그의 인생에 대한 세세한
부분은 고대의 안개에 덮여 보이지 않게 되었지만, 그의 시에는 최근
에 지어진 것과 같은 신선함이 있다.

플라톤은 뛰어난 철학을 아직도 주장하고 있으며, 호라티우스, 베
르기우스, 단테는 마치 살아 있는 것처럼 시를 노래하고 있다.

우리는 학문이 없고 가난하다 할지라도 어떤 제지도 받지 않고 이 위대한 사람들의 세계를 자유로이 드나들 수 있다. 글만 읽을 줄 안다면 누구라도 입장할 권리가 있는 것이다.

웃고 싶을 때는 세르반테스나 라블레가 함께 웃어줄 것이다. 슬퍼하고 싶을 때는 토마스 아켐피스나 제레미 테일러가 함께 슬퍼해주고 위로해줄 것이다.

즐거울 때나 슬플 때, 행복할 때나 역경에 처했을 때 우리가 휴식과 위안과 가르침을 구하는 것은 언제나 책이고 그곳에 살아 숨쉬고 있는 위인들의 영혼이다.

이 세상에서 우리의 흥미를 가장 끄는 대상 중 하나가 다름 아닌 자신과 같은 인간이다. 인간의 생활과 관계된 모든 일, 즉 경험, 기쁨, 슬픔, 성공 등은 그 무엇보다도 우리들의 호기심을 자극한다.

조금씩 차이는 있지만 사람들은 모두 자신 이외의 사람을 인류라는 대가족의 일원, 즉 동료로 바라보며 흥미를 갖는다. 그 사람의 교양이 깊으면 깊을수록 인류의 행복에 관한 모든 것에 공감하는 정도도 깊어지게 되는 법이다.

인간으로서 서로에게 품게 되는 흥미는 여러 가지 형태로 표현된다. 초상화를 그리는 것도, 흉상을 조각하는 것도, 누군가에 대해서 글을 쓰는 것도 모두 그 흥미의 표현이다.

그 중에서도 타인에 대한 호기심을 강하게 자극하는 것은 그 사람이 어떤 인생을 보냈는가 하는, 즉 개인적인 역사를 아는 것이다.

"인간의 사교성을 가장 현저하게 나타내는 것은 오직 한 가지 사실밖에 없다. 그것은 전기를 좋아한다는 사실이다."라고 19세기의 사상가 칼라일은 말했다.

실제로 전기를 읽음으로 해서 느끼게 되는 인간적인 흥미는 매우 강렬한 것이다. 한 사람의 생애와 경험을 충실하게 그린 것에는 진실성이라는 매력이 있기 때문에 가공의 인물에서는 맛볼 수 없는 재미가 있다.

기록으로 남아 있는 타인의 일생을 통해서 누군가가 무엇인가를 배우게 될 것이다. 그다지 중요하지 않은 행위나 말이라 할지라도 자신과 비슷한 사람이 행동하고 말했다고 생각되면 흥미가 솟아나게 되는 법이다.

'위대한 관찰자'가 주목하는 것

훌륭한 인물의 일생에 대한 기록은 특히 유익하다. 그것은 우리의 영혼을 일깨우고, 희망을 품게 하며, 위대한 표본을 제시해준다. 숭고한 정신에 불타서 의무를 다하고 일생을 마친 사람들은 영원한 영향력을 가지고 있다.

"훌륭한 생애는 어느 세대에서나 살아 있다."고 조지 허버트는 말했다.

현명한 사람은 제 아무리 평범한 사람에게서라도 무엇인가를 배우기 마련이라고 괴테는 말했다. 월터 스콧은 마차로 여행을 할 때면 언제나 함께 타고 가는 사람들의 특징과 새로운 인상을 포착했다고 한다. 존슨은 한 마을을 돌아다니게 되면 그 마을에서 살고 있는 사람들의 성장과정·인생경험·시련·고난·성공·실패담 등을 꼭 알려 했다고 한다.

세계 역사에 이름을 남긴, 오늘날 우리에게 귀중한 문화유산을 남겨준 사람들에 대해서라면 그러한 것들을 더욱 알고 싶어지는 법이다. 그러한 사람들을 이야기하는 모든 것, 즉 그들의 습관·태도·인생관·경제·언어·신봉했던 좌우명·그 위대함 등은 모두 흥미진진한 것이며, 많은 배울 점을 가지고 있고, 우리에게 힘을 주는 표본이 되는 것들이다.

지금까지의 '삶의 방식'을 바꿔줄 신선한 자극

그리고 전기는 사람이 어떻게 살아가야 하는지, 온 힘을 다 쏟아 부으면 어떤 위업을 달성할 수 있는지를 가르쳐준다.

확실히 기록으로 남겨진 훌륭한 인물의 일생은 우리에게 자극을 주어, 사람이 인생을 어떻게 살아가면 좋을지, 또한 어떻게 살아갈 수 있는지를 확실하게 보여준다. 그것은 우리의 영혼에 신선한 공기를 불어넣고, 커다란 희망을 갖게 하고, 새로운 힘과 용기를 주며, 자신뿐만 아니라 타인에 대한 신뢰감까지도 부여해준다.

위인의 전기는 우리의 향상심을 자극하여 분발하도록 하며, 주인공의 협력자가 되어 그들과 하나의 세계를 함께 공유하고 이 세상에서도 가장 뛰어난 인물들과 함께 살아가며, 최고의 친구들과 교류하도록 한다. 하지만 위대한 인물의 일생만이 인격 향상에 영향을 주는 뛰어난 전기라고 과대평가하는 것은 위험한 일이다.

"뛰어난 전기란 완전한 형태로 독자와 하나가 되고 흡수되어 얻어지는 것을 일컫는다."

디즈레일리도 이렇게 말했다.

누구나 감동하는 위대한 인물의 전기를 읽으면 무의식중에 계발되고 조금이라도 그 사람들의 사고나 행동에 가까이 다가가고 싶다고 바라게 되는 법이다. 하지만 성실하게 자신의 임무를 마친 아주 평범한 사람의 일생이라고 해서 후세 사람들의 인격을 향상시키는 힘이 없다고는 말할 수 없다.

또한 전기를 읽으면 역사 자체를 자세하게 배울 수 있다. 아니, 오히려 역사란 곧 전기이며, 개개의 인간이 지배하고 영향을 주어 만들어낸 인간성의 집합체라고도 말할 수 있을 것이다.

"역사란 한없는 향상심에 의해 태어난 인간의 멋진 에너지에 대한 기록이라고 말할 수 있는 것이 아닐까?"라고 미국의 철학자 에머슨은 말했다.

역사의 페이지에서는 이념보다도 인간이 언제나 얼굴을 내민다. 역사적인 일에 흥미를 느끼게 되는 이유는 그 일에 관여한 사람들의 기쁨과 괴로움, 이해관계에 마음이 끌리기 때문이다. 역사의 세계에서는 어느 쪽을 둘러봐도 죽어버린 사람들만 등장하지만 그들의 말과 행위는 여전히 살아 있어 목소리가 생생하게 들릴 정도이며 그들의 행위가 역사를 재미있게 만들고 있는 것이다.

우리는 인간 집단에는 그다지 흥미를 느끼지 못하지만 전기처럼 역사라는 장대한 드라마 속에 생생한 필치로 묘사된 배우 개개인에게는 공감하게 되는 법이다.

많은 거인들의 생애를 결정지은 『플루타르코스 영웅전』

행동과 사상 모든 면에서 사람들의 인격형성에 강한 영향을 준 작가를 들라면 플루타르코스와 몽테뉴를 들 수 있을 것이다.

플루타르코스는 표본으로 삼을 만한 영웅들을 소개했으며, 몽테뉴는 어느 시대 사람이든 깊은 관심을 가지고 있는 영겁회귀 문제를 심도 있게 파헤쳤다. 두 사람의 작품은 모두 대부분이 전기 형식을 취하고 있으며, 그 박력 있는 묘사는 등장인물의 성격과 경험을 구체적으로 보여줌으로써 효과를 거두고 있다.

『플루타르코스 영웅전』은 약 1,800년 전에 쓰인 작품인데 호메로스의 『일리아드』와 함께 이 부류의 책 중에서도 최고의 자리를 차지하고 있다.

이탈리아의 극작가 알피에리는 플루타르코스의 작품을 읽고 문학에 대한 정열에 불을 붙였다.

"나는 이 책 속의 티몰레온, 시저, 브루투스, 펠로피다스의 생애를 6번 이상 읽었다. 그리고 그때마다 감동을 받아 눈물을 흘렸으며 미친듯이 열중하곤 했다. 이들 위대한 영웅들의 당당한 인격에 접할 때마다 가만히 앉아 있을 수만은 없는 강한 흥분을 느끼곤 했다."

실러, 벤저민 프랭클린, 나폴레옹, 아담 롤랑 등은 모두 플루타르코스의 애독자였다. 아담 롤랑은 『영웅전』에 너무 심취한 나머지 성경으로 위장해서 미사 시간에도 몰래 그것을 읽었다고 한다.

『플루타르코스 영웅전』은 프랑스의 앙리 4세, 튜렌느, 군인 네피아

등의 용감한 사람들에게도 마음의 양식이 되었다.

윌리엄 네피아는 어렸을 때 이 책을 읽고 감동받아 옛날의 위대한 영웅들을 매우 동경하게 되었다. 이 책의 영향은 틀림없이 그의 일생의 방침을 결정하게 했으며 인격형성에도 커다란 공헌을 했을 것이다.

병상이 악화되고 쇠약해질 대로 쇠약해져 죽음을 눈앞에 두게 된 네피아의 마음은 어느새 플루타르코스의 옛 영웅들에게로 돌아가 있었다. 그는 아들에게 알렉산더 대왕과 한니발, 시저의 업적을 시간이 가는 줄도 모르고 이야기해주었다고 한다.

어떤 책에 깊이 감동을 받아 그것을 통해서 삶의 방침을 정하게 됐다고 하는 사람들을 대상으로 어떤 책에서 가장 깊은 감명을 받았냐고 물어보면 틀림없이 대다수의 사람들이 이 책이라고 대답할 것이다.

플루타르코스의 작품은 오늘날에 이르기까지 시대를 막론하고 사람들의 마음을 매료시켜왔다. 그 비밀은 대체 어디에 있는 것일까?

우선 처음으로 들 수 있는 것은 작품의 주제가 전부 세계 역사에 중요한 족적을 남긴 위대한 인물들이라는 점이다.

다음으로 플루타르코스는 그 인물들이 이룬 위업과 그들이 놓였던 환경을 정확하게 꿰뚫어보는 눈과 그것을 묘사할 표현력을 가지고 있었다는 점을 들 수 있을 것이다. 뿐만 아니라 그에게는 영웅들의 인격을 하나하나 명쾌하고 특징적으로 그려낼 수 있는 재능이 있었다.

인간의 개성이 약동하고 있지 못한 전기문학은 재미가 없다. 영웅들이 무엇을 했는가 하는 점보다는 어떤 인간이었는가 하는 점이, 얼마나 지성적인 사람이었는가 하는 점보다는 인간으로서 어떤 매력을 가지고 있었는가 하는 점이 더욱 우리의 흥미를 끈다.

즉, 연설보다도 훨씬 더 많은 것을 말해주는 일생을 보내고, 이룬 업적보다는 성격이 훨씬 더 매력적인 사람들이 있다는 말이다.

플루타르코스가 세심한 주의를 기울여서 묘사해낸 인물상은, 예를 들어서 시저나 알렉산더 대왕 같은 영웅의 일생을 읽는 데도 채 30분이라는 시간도 걸리지 않을 만큼 간결하게 정리되어 있다. 쓸데없는 묘사가 없기 때문에 더욱 깊은 인상을 주는 것이다. 지루한 설명은 적고 등장인물 자신이 페이지 위에서 있는 그대로의 모습을 드러내고 있다.

몽테뉴는 플루타르코스의 간결함에 불만을 표시했을 정도였다. 하지만 이런 말도 덧붙였다. "하지만 이 간결함이 그의 평가를 높여준 것도 틀림없는 사실이다. 플루타르코스는 지식의 풍부함을 칭찬받기보다는 오히려 자신의 판단력을 인정받고 싶어 했던 듯하다. 이야기로 가득 채워 독자들에게 식상함을 주기보다는, 좀 더 읽고 싶다는 여운을 남기는 것이 목적이었을 것이다.

제 아무리 훌륭한 제재라 할지라도 장광설을 늘어놓는 것은 좋지 않다는 사실을 그는 잘 알고 있었던 것이다. 마르고 빈약한 몸을 여러 겹의 의상으로 감추는 것과 마찬가지로 문제를 정확하게 파악하지 못한 사람은 말로써 그것을 메우려고 필사의 노력을 하게 되는 법이다."

아주 작은 버릇에도 '인격'이 나타난다

플루타르코스는 영웅들의 약점이나 결점은 물론 그들의 조그만 버릇이나 섬세한 심리상태까지도 생생하게 묘사할 줄 아는 기술을 가지고 있었다. 이것들은 전부 충실하고 정확한 인물묘사에 없어서는 안될 요건들이다.

플루타르코스는 아주 평범한 버릇이나 특징까지도 독자들에게 전달해준다.

예를 들어서 알렉산더 대왕은 언제나 거만하게 머리를 한쪽으로 기울이고 있었다거나, 아테네의 정치가 아르키비아데스는 멋쟁이에 조금 혀 짧은 소리를 냈는데 그것이 그의 인격과 아주 잘 어울렸으며 말하는 것이 아주 우아하고 설득력 있게 들렸다거나, 카토는 붉은 털에 잿빛 눈을 가진 사람으로 매우 인색하고 지독한 고리대금업자였으며 늙어 일을 할 수 없게 된 노예를 비싼 값에 팔아치웠다거나, 시저는 대머리에 화려한 차림을 좋아했다거나, 키케로는 무의식중에 코를 벌렁벌렁 움직이는 버릇이 있었다는 등의 사소한 것까지 기술했다. 이처럼 사소한 부분에 주의를 기울여 그 중요성을 무시하지 않았다는 것이 플루타르코스의 뛰어난 점이다.

그는 주인공의 특징을 보다 구체적으로 묘사하기 위해서 일화를 사용한 경우도 있었다. 이는 평범한 설명을 나열하는 것보다 더욱 확실하게 그 인물의 성격을 그려내는 효과를 거두고 있다. 주인공인 영웅이 특별히 좋아하는 격언을 예로 든 경우도 있다. 그것으로 그 사람의 속마음을 이해할 수 있는 경우가 흔히 있기 때문이다.

약점에 대해서 말하자면, 아무리 위대한 인물이라 할지라도 그에 어울릴 것 같지 않은 결점을 가지고 있기 마련이다. 누구에게나 결점이나 특이한 버릇은 있기 마련이다. 아무리 위대한 사람이라 할지라도 단점이 있기 때문에 인간미가 느껴지는 것이 아닐까? 우리는 조금 떨어진 곳에서 그들을 우상처럼 우러러보지만, 가까이 다가가 보면 그에게도 역시 결점이 있으며 실수하는 적도 있는 나와 같은 인간이라는 사실을 알게 될 것이다.

그리고 위인들의 결점을 드러내는 데에는 그 나름대로의 효과가 있다. 왜냐하면 만약 장점만 보여준다면 독자가 그 사람은 완벽해서 본보기로 삼을 수 없을 것이라며 자신감을 잃고 실망하게 될 것이기 때문이다.

플루타르코스는 역사가 아닌 인간의 일생을 적는 것이 목적이라고 전기를 적는 태도를 자신감 넘치는 소리로 확실하게 밝혔다.

"화려한 공적에만 눈을 돌리면 그 사람의 장점과 단점은 확실하게 알 수 없다. 때로는 그다지 눈에 띄지 않는 일이나 표정, 또는 그의 입에서 흘러나온 농담 등이, 몇 만이나 되는 병사들이 서로를 죽이는 전쟁이나 구름 같은 군대를 몰고 도시를 공격하여 함락시키는 이야기보다 그 사람의 성격을 훨씬 더 잘 말해주는 경우도 있다.

플루타르코스는 이렇게 말했다.

초상화가는 성격이 가장 잘 드러나는 얼굴의 윤곽 · 표정 · 눈의 움직임 등을 정확하게 포착하고 몸의 다른 부분에는 일절 주의를 기울이지 않는데 그와 마찬가지로 나도 인간의 마음의 움직임이나 징후에는 특별히 주의를 기울여야만 한다. 나는 이러한 방법으로 영웅들의 일생을 그리는 데 전념했으며, 그들이 이룬 위업이나 대전쟁에 관한 것은 다른 작가들의 손에 맡기기로 하겠다."

무엇이 '클레오파트라의 코'가 될지는 아무도 모른다

전기는 역사와 마찬가지로 보잘것없는 일에도 의미가 있으며, 하찮기 짝이 없는 일이 원인이 되어 커다란 결과를 부르게 되는 경우도 있는 법이라는 사실에 주목한다.

파스칼은 "클레오파트라의 콧대가 조금만 더 낮았더라도 세계의 역사는 바뀌었을 것이다."라고 지적했다. 또한 7세기, 프랑크왕국의 황제였던 피핀의 연애사건이 없었다면 유럽은 사라센인들에 의해 정복되었을지도 모른다. 그 연애가 맺은 열매인 찰스 마르텔이 투르에서 사라센군을 격파, 그들을 프랑스에서 내쫓아버렸기 때문이다.

스콧이 어렸을 적에 방 안을 돌아다니다 다리를 다쳤다는 얘기는 전기에 실을 만큼 그렇게 중대한 사건은 아닐지도 모른다. 하지만 『아이반호』를 비롯하여 그가 쓴 일련의 역사소설은 전부 이 사건 때문에 세상의 빛을 보게 된 것이다. 아들이 군대에 지원하고 싶다고 말했을 때 스콧은 이런 글을 적어 보냈다.

"나도 다리를 다치지만 않았어도 군대에 들어가고 싶어 했을 것이니 이번 건에 대해서는 왈가왈부할 자격이 없다."

만약 스콧의 다리가 건강했다면 그는 반도전쟁에 종군하여 공적을 세운 뒤, 훈장을 가슴에 단 채로 평생을 마쳤을 것이다. 반면 스콧이라는 이름을 불후의 것으로 만들었고, 조국 영국에게 빛나는 영광을 가져다준 수많은 명작은 세상의 빛을 보지 못했을 것이다.

빈 회의의 중심인물이었던 탈레랑도 다리가 불편했기 때문에 군인이 될 수 없는 숙명을 안고 있었다. 그 때문에 그는 독서에 흥미를 갖게 되었고 그 결과 인간에게 깊은 관심을 품게 되어 결국에는 유명한 외교관으로서 명성을 떨쳤다.

바이런의 다리가 불편했었다는 사실은 그가 시인이 되었다는 사실과 적지 않은 관계를 가지고 있다. 만약 그 사실 때문에 병적일 정도로까지 시달리지 않았다면 그는 단 한 줄의 시도 쓰지 않았을 것이다. 바이런은 당시 가장 기품 있는 멋쟁이였을 것임에 틀림없기 때문이다. 불편한 다리는 그의 마음을 자극하여 정열을 불러 일으켜 자신만의 길을 개척하게 했다. 그 결과가 어떤 것인지는 독자들도 잘 알고 계실 것이다.

어디에 초점을 맞추느냐에 따라서 인간이 한층 더 생생해진다

초상화와 마찬가지로 전기에도 빛과 그림자가 있다. 초상화를 그리는 사람이 추한 부분이 보이지 않는 각도로 모델을 앉히는 것과 마찬가지로 전기 작가도 묘사하려는 인물의 성격적인 결점을 가능한 한

숨기려 한다.

하지만 실물에 충실한 얼굴과 성격을 표현하고 싶다면 있는 그대로의 모습을 그려야 한다.

스콧은 이렇게 말했다.

"전기는 문학의 영역 중에서도 가장 흥미로운 것이지만, 등장인물의 빛과 그림자를 정확하고 충실하게 기록하지 못하면 재미는 반감되어버리고 만다. 무대 위에서 커다란 소리로 떠들어대는 영웅도 싫지만, 그것을 그저 칭찬하기만 하는 예찬자에게도 공감할 수 없다."

17세기의 시인 애디슨은 책을 읽으면서 즐거움과 만족감이 늘어감에 따라서 그것을 저술한 작가의 성격과 인품을 가능한 한 많이 알고 싶다고 생각하게 되었다.

'이 작가는 어떤 경력을 가진 사람일까? 성격이나 기질은 어땠을까? 이 책의 주인공과 비슷한 삶을 살았을까? 사고에서는 기품이 느껴지는데 실제 행동은 어땠을까?'

"위대한 시인들이 자신의 인생이나 마음을 거짓 없이 들려준다면 얼마나 기쁘겠는가? 어렸을 때 누구와 함께 놀았는지, 왜 문학의 길을 선택한 것인지, 기호는 어떤지, 어떤 고민과 괴로움을 품고 있는지, 취미는 무엇인지, 열중하고 있는 일은 무엇인지, 내심 스스로 포기했던 것은 무엇인지, 후회하고 있는 일은 무엇인지, 만족스러운 일은 무엇인지, 어떤 말로 자기를 변명하는지 등을 알고 싶다."

하지만 이런 사실들은 좀처럼 전기에 기술하지 않는다.

사람의 일생을 적는 것이라면 있는 그대로 적을 필요가 있다. 특이한 버릇이나 결점까지도 기록해야만 한다. 그것이 인간의 성격이나 특징을 드러내기 때문이다.

하지만 거기에는 언제나 어려움이 따른다. 즉, 호의적이든 그렇지 않든 사람들 눈에 잘 띄지 않는 세세한 행동을 알기 위해서는 무엇보다도 개인적으로 그 사람을 아는 것이 도움이 되는데 그 사람의 현재 생활을 고려하여 모든 것을 발표하지 못하는 경우도 있기 때문이다. 그리고 이야기해도 좋은 시기가 왔을 때는 그 행동을 더 이상 기억하지 못 하게 되는 경우도 있다.

존슨 자신도 동시대 시인들에 대해서 알고 있는 사실을 미주알고주알 이야기하는 것에는 거부감을 느끼고 있었던 듯 "아직도 불씨가 남아 있는 재 위를 걸어가는 듯한 기분이 든다."고 표현했다.

세계적으로 유명한 사람의 친족들로부터 그 사람의 적나라한 모습을 들을 기회가 거의 없는 것도 바로 이런 이유에서이다.

자신 속의 '야수'를 어떻게 길들일 것인가?

자서전은 모두가 흥미롭지만 역시 작자 자신의 꾸밈없는 모습을 기대하기는 어렵다. 자신의 추억을 기술할 때, 사람은 자신의 모든 것을 보이려고 하지 않기 때문이다.

성 아우구스티누스는 예외적으로 타고난 자신의 나쁜 습성과 교활하고 이기적인 성격을 솔직하게 밝힌 『고백』을 기술했는데 그와 같은 용기를 가지고 있는 사람은 드물다.

뛰어난 사람의 결점이 이마에 적혀 있다면 그 사람은 모자를 깊이 눌러써 그것을 숨기려 들 것이라는 격언이 하일랜드 지방에 있을 정도다. 볼테르는 이렇게 말했다.

"자기 스스로도 싫어하는 결점이 누구에게나 있기 마련이다. 자신의 몸속에 모질고 사나운 야수가 살고 있다는 사실을 깨닫지 못한 사람은 없다. 하지만 그 야수를 어떻게 길들이고 있는지를 솔직하게 말해주는 사람은 거의 찾아볼 수 없다."

『고백』에서 루소는 마치 마음속의 비밀을 전부 털어놓은 것처럼 보이지만 실제로는 생각한 것의 절반도 이야기하지 않았다. 프랑스의 모럴리스트인 샹폴은 주위 사람들이 자신에 대해서 어떻게 생각하든, 무슨 말을 하든 신경 쓰지 않는 것처럼 살았다. 그런 그 조차도 이렇게 말했다.

"현실 사회에서 자기 마음의 비밀, 자기만이 알고 있는 성격 그리고 무엇보다도 자신의 약점이나 결점을 보이는 일은, 상대가 비록 둘도 없는 친구라 할지라도 불가능한 것처럼 보인다."

자서전에도 어느 정도까지의 진실은 기술되어 있다. 하지만 진실의 일부분밖에 전달해주지 않기 때문에 전체적으로는 거짓을 나열해놓은 듯한 인상을 준다.

그것은 그 사람의 참된 모습이 아닌, 그렇게 되고 싶은 모습을 나타낸 위장이라고도, 변명이라고도 받아들일 수 있는 것이다. 옆얼굴의 묘사가 정확했다 할지라도 정면을 향한 순간 얼굴 전체의 인상을 완전히 바꿔버릴 정도로 추한 흉터가 반대편에 있다거나, 반대편 눈이 사팔뜨기라거나 그런 일이 없으리라고 누가 단언할 수 있겠는가?

가면 속의 '본성'을 꿰뚫어보라

프랑스에는 영국과는 비교도 되지 않을 정도로 많은 전기형식의 회상록이 있다. 그 모든 것이 성격이나 생활방식을 알기 쉽게 설명한 일화나 언뜻 보기에는 하찮은 듯이 보이는 말초적인 일들로 가득 들어차 있다. 굳이 말하자면 이야기하고자 하는 시대의 사회 풍조나 문화 쪽에 초점을 맞추고 있는 것이다.

하지만 궁정외교가였던 생 시몽의 회상록은 주목할 만한 가치가 있다. 인격을 훌륭하게 분석한 이 책은, 전례를 찾아보기 힘들 정도로 멋진 해부학적 전기의 집대성이다.

생 시몽은 루이 14세가 떠난 후의 궁정 스파이라고도 말할 수 있을 것이다. 그는 사람들의 성격을 열심히 읽어냈으며, 표정과 언어, 화법, 그 인물 주위에서 보조역을 맡고 있는 무리들을 주의 깊게 관찰함으로 해서 그들의 의도나 목적을 판독해내려 노력했다.

"나는 등장인물들을 가까이서 바라보며 그들의 입과 눈, 귀에서 한시도 시선을 떼지 않았다."고 그는 말했다. 그리고 귀로 들은 말이나 눈으로 본 것들을 믿을 수 없을 만큼 생생하고 박력 있는 언어로 노트에 기록해두었다.

그는 궁정에 봉사하고 있는 사람들의 가면 뒤에 숨겨진 비밀을 날카롭고 정확하게, 그리고 주의 깊게 찾아낸 것이다. 성격을 꿰뚫어보고 분석하는 데 바친 그의 정열은 탐욕스럽고 때로는 잔혹하게 느껴질 정도였다.

"이 정열적인 해부학자는 환자를 괴롭히고 있는 병을 밝혀내기 위해서 아직 숨을 쉬고 있는 가슴에 언제라도 기꺼이 메스를 가져다댔다."

생트 뵈브는 이렇게 말하며 놀라운 시선으로 그를 바라봤다.

인격을 해부하는 칼

물감으로 인물을 묘사할 때처럼 언어로 인물을 생생하게 묘사하는 데도 고도의 기술이 필요하다는 사실은 새삼스레 말할 필요도 없을 것이다. 어느 쪽이든 능숙하게 표현하기 위해서는 밝은 눈과 펜이나 붓을 교묘하게 부릴 줄 아는 재주가 필요하다. 평범한 화가는 얼굴의 형태를 보고 그것을 그대로 묘사할 뿐이다. 하지만 뛰어난 예술가는 얼굴의 형태 속에서 반짝반짝 살아 있는 영혼을 포착해내 그것을 화폭에 담는다.

새뮤얼 존슨의 생애에 대해서는, 사소한 습관과 하찮은 말이 빽빽하게 기록되어 있어 전기의 재미를 더해준다. 이는 모두 그의 전기를 기술한 보스웰의 눈이 밝았기 때문이었다.

보스웰이 존슨을 숭배하고 소박한 애정과 동경심을 품고 있었기 때문에 훨씬 더 실력 있는 작가조차도 실패했을지 모를 작업을 훌륭하게 성공 시킬 수 있었던 것이다.

보스웰은 존슨이 어떤 양복을 입고 있었는지, 어떤 이야기를 했는지, 무엇을 싫어했는지를 독자에게 전달하고 싶었던 것이다. 존슨의 결점까지 낱낱이 파헤친 이 작품은 전기로서 훌륭한 완성도를 보인 것으로, 붓의 힘으로 위대한 인물의 인간상을 완벽하게 묘사한 최고의 걸작이라고 부를 수 있을 것이다.

하지만 스코틀랜드 출신의 이 열렬한 숭배자가 우연히 존슨과 친하게 지내게 되고 그 인품에 심취하지 않았다면 존슨도 지금처럼 대작가로서의 지위를 얻지는 못했을지도 모른다.

존슨이 참으로 생생하게 활동하고 있는 것은 보스웰이 기술한 전기 속에서이니 만약 보스웰이 없었다면 존슨은 한 사람의 작가로서 이름만이 몇몇 사람들의 머릿속에 남아 있었을지도 모른다.

'또 한 사람의 인생'을 개척해주는 최고의 자극제

책은 나이 든 사람들의 좋은 동반자이자 동시에 젊은이들에게는 최고의 자극제가 되는 경우가 많다. 젊은이의 마음에 최초로 깊은 인상을 심어준 책이 그 후의 인생에 새로운 길을 개척해주는 경우가 흔히 있다.

책은 젊은이의 가슴에 불을 밝혀주고, 정열을 불러일으키며, 생각지도 못했던 방향으로 삶의 시선을 돌리게 하며, 언제까지고 그의 인격에 영향을 준다.

자신들보다 현명하고 원숙한 내용을 가진 책과의, 친한 친구와의 교제와도 같은 만남은 이처럼 젊은이의 인생 여로에 중요한 출발점이 되어준다. 때로 그것은 새로운 생명의 탄생을 알리는 빛에도 비유된다.

제임스 에드워드 스미스가 처음으로 식물학 교과서를 손에 든 순간, 후에 뉴질랜드를 조사한 박물학자 요셉 뱅크스가 제라드의 『식물지』를 발견한 순간, 알피에리가 처음으로 플루타르코스를 읽고, 실러가 셰익스피어의 작품과 처음으로 만나고, 기번이 『세계사』의 첫 권에 푹 빠져든 순간 이들의 가슴에는 흥분이 소용돌이쳤고 자신의 참된 인생은 지금부터 시작되는 것이라는 기분에 휩싸였던 것이다.

예를 들자면 젊은 시절의 라 퐁텐은 게으르기로 유명했는데 시인 말레르브가 낭독하는 시를 듣고 "나도 시인이다."라고 외쳤다고 한다. 이를 계기로 그는 시인으로서의 재능에 눈을 떴다고 한다.

머릿속의 '체'로 거른다

이처럼 뛰어난 책은 무엇과도 바꿀 수 없는 훌륭한 반려자다. 독서에 의해서 사상은 높아지고 향상심도 솟아나기 때문에 쓸데없는 사귐도 하지 않게 된다.

시인 토머스 후드는 이렇게 말했다.

"독서와 지적인 것을 추구하려는 자연스러운 욕구가 나를 도덕적 파멸로부터 구해준 듯하다. 나는 책이 있었기 때문에 도박이나 술에 빠지지 않을 수 있었다. 위대한 작가들과의 은밀한 교류, 소리 내어 말하지는 않았지만 셰익스피어, 밀턴과 고상한 이야기를 주고받는 습관이 있었기 때문에 어리석은 무리들과의 사귐은 견딜 수 없었으며 그러한 것은 바라지도 않았다."

이런 면에서 보자면 뛰어난 책은 훌륭한 감화와 비슷한 것이라고도 말할 수 있을 것이다. 그것은 사람을 정화시키고 정신을 높여주며 격려를 해준다. 마음을 자유롭게 넓혀주고, 교양 없는 속물주의로부터 우리를 지켜준다. 양서는 고상한 쾌활함과 냉정한 인격을 낳으며, 정신을 올바르게 해주고, 따뜻한 인간미를 부여한다.

위대한 학자 에라스무스는, 책은 생활필수품이며 의류는 사치스러운 물건이라는 극단적인 의견을 가지고 있었다. 그리고 책을 충분히 살 수 있을 때까지 옷 구입에는 손을 내밀지 않는 적도 자주 있었다. 그가 가장 숭배했던 것은 키케로의 작품으로 그의 작품을 읽으면 다시 살아난 듯한 느낌이 든다고 말했다.

키케로의 『호르텐시우스』를 우연히 읽게 된 성 아우구스티누스는 이전까지의 방탕하고 문란한 생활에 작별을 고하고 학문에 몰두하게 되어 결국에는 초기 기독교의 아버지라 불리게 되었다.

많은 사람들의 사랑을 받았던 청교도 백스터는 죽음이 그로부터 앗아갈 소중한 즐거움에는 어떤 것이 있는가를 생각해보고 그것으로 독서와 학문에서 얻는 즐거움을 들었다.

"죽을 때는 감각적인 즐거움뿐만 아니라 학문 · 지식 · 현명하고 믿는 마음이 깊은 사람들과의 대화와 같은 보다 인간적인 기쁨과 독서의 즐거움, 이야기를 듣는 즐거움과도 이별을 해야 한다. 나는 서재를 떠나야 하며 즐거움으로 가득 찬 책의 페이지를 넘길 수도 없게 된다.

살아 있는 사람들 속에 들어갈 수도 없으며, 믿음을 주고받던 사람의 얼굴을 볼 수도 없고, 내 얼굴을 보여줄 수도 없게 된다. 집과 거리와 들판과 정원과 산책 모두가 나에게는 없는 것과 같은 상태가 되어 버린다. 내가 그렇게도 바라던 지혜와 평화와 신앙에 대한 내 최대의 관심이 앞으로 어떻게 될지도 지켜볼 수 없게 된다."

시대정신을 움직인다

책은 인류의 지식의 보고이다. 책은 학문의 모든 분야에서의 온갖 영위·업적·사상의 성공과 실패를 기록한 것이다.

책은 언제나 시대를 미래로 전진하게 하는 가장 강력한 원동력이 되었다.

"복음서에서 민약론(民約論)까지, 혁명을 일으킨 것은 언제나 책이었다."라고 말하는 사람도 있다.

사실 위대한 책은 때때로 커다란 전쟁에도 지지 않을 정도의 위력을 갖는다. 때로는 픽션조차도 강력한 사회적 힘을 발휘한다. 프랑스의 라블레, 스페인의 세르반테스는 인간의 공포에 대한 역설적 표현인 조소를 유일한 무기로 중세 수도원 제도와 기사도 정신의 권위를 같은 시기에 뒤엎었다.

언어가 된 지성은 불멸의 것이 된다

시인은 영웅보다도 더 오래 살아남는다. 시인이 불멸의 공기를 더욱 많이 빨아들이기 때문이다. 시인은 자신의 사상이나 행동을 영웅보다 더 완전한 형태로 후세에 남겨줄 수 있다.

우리는 호메로스나 베르길리우스와 동시대에 살았던 것처럼 두 사람의 행동을 전부 알고 있다. 그들의 작품을 읽을 수도, 머리맡에 놓을 수도, 소리 내어 낭독할 수도 있다. 눈으로 볼 수 있는 이와 같은 발자국을 지구상에 남긴 사람은 그들밖에 없다. 문학자는 죽어서도 자신의 작품 속에서 숨 쉬고 행동하며 살아 있는 것이다.

하지만 세계를 정복한 영웅은 한 줌 재로 변해버릴 뿐이다.

사상과 사상 사이에서 태어난 공감은 사상과 행동 사이에서 태어난 그것보다 훨씬 더 친밀하고 생명력이 넘쳐난다. 불꽃이 불꽃을 타오르게 하는 것처럼 사상은 서로의 고리를 연결해간다. 하지만 죽은 영웅에게 바쳐지는 칭찬은 대리석으로 만들어진 기념비 앞에서 타오르는 향의 연기처럼 덧없는 것이다.

언어·관념·감정은 시대의 흐름과 함께 확고한 형태로 굳어가지만 물질·육체·행동은 붕괴되어버린다. 인간과 함께 행동뿐만 아니라 장점과 고결한 인격도 사라져버린다. 지성만이 영원히 형태를 잃지 않고 자손들에게 전해진다.

해즐릿은 이렇게 말했다.

"언어는 이 세상에 영원히 남는 유일한 존재이다."

5

사람과의 사귐

사 귀 는 사 람 을 양 식 으 로 자 신 을 충 실 하 게 키 워 가 고 있 는 가 ?

인생에서 성공을 거둔 사람 중에는 재능뿐만 아니라 그 성격 때문에 성공을 거둔 사람들도 있다. 특히 밝고 명랑한 성격이 행복을 가져다준다는 것은 틀림없는 사실인 것 같다. 상냥하고 부드러운 태도, 흥미로운 화젯거리, 언제나 기꺼이 타인을 위해서 봉사하는 마음이 그들에게 행복을 가져다준 것이다.

'마음 씀씀이'가 자신을 커다랗게 성장시킨다

많은 사람이 배려는 아무짝에도 쓸모없는 하찮은 것이라고 생각하고 있지만 실제로는 그렇지 않다. 배려는 인간관계를 원활하고 부드럽게 해줄 뿐만 아니라 일을 성공으로 이끄는 데도 커다란 역할을 하기 때문이다.

예의 바른가 그렇지 않은가에 따라서 그 사람에 대한 세상의 평가도 크게 바뀌는 법이다.

타인을 통솔할 때 재능보다도 올바른 예의가 훨씬 더 강력한 영향력을 행사하는 경우도 종종 있다. 품위 있는 행동뿐만 아니라 예의바른 행동은 사회적인 성공을 거두는 데 있어서 그 무엇보다도 믿음직스러운 조수로 그것이 없어서 실패하는 사람들도 헤아릴 수 없이 많다.

즉, 타인에게 주는 첫인상은 매우 중요한 것인데 태도를 올바르게 하고 말을 정중하게 하느냐 못하느냐에 따라서 한 사람의 인상이 좋아지기도 하고 나빠지기도 하는 법이다.

예의 바르지 못하고 거친 태도는 사람들의 마음의 문에 빗장을 걸어 마음을 닫게 하지만 친절하고 온화한 태도, 즉 예의 바른 태도는 그 문을 여는 마력을 가지고 있다. 그것은 노소를 막론하고 모든 사람의 마음속으로 녹아들어갈 수 있는 입장권과도 역할을 해준다.

참된 '신사'란 어떤 사람일까?

'예의는 사람을 만든다.'는 말을 흔히 들을 수 있는데 '사람이 예의를 만든다.'는 말이 정확하다. 표면은 거칠고 무례해도 마음은 아름답고 견실한 성격을 가진 사람도 있을 것이다. 하지만 거기에 참된 신사가 반드시 가지고 있어야 할 다정함과 예의바름이 더해진다면 틀림없이 사람들로부터 더욱 사랑받을 것이며 사회에도 도움을 주는 인간이 될 것이다.

이처럼 사람의 행동은 어느 정도 그 사람의 인격을 나타내기 마련이다. 마음속 깊은 곳에 숨겨져 있는 본질을 바깥세계에 드러내 보이는 것이며, 그 사람이 지금까지 지내온 사회적 환경을 비롯한 취미와 감정 그리고 성품 등을 그것을 통해서 알 수 있게 된다.

습관적이고 형식적인 예의범절도 있지만 거기에는 그다지 가치가 없다. 하지만 선천적인 소질에서 배어나오는 예의범절과 신중한 자기수양을 쌓은 결과 몸에 밴 자연스러운 예의범절은 커다란 의미를 가지고 있다.

타인을 배려하는 것은 자신의 눈을 뜨는 일이기도 하다

기품 있는 예의란 세련된 정신에게 없어서는 안 될, 감수성이라고도 할 수 있는 것에 의해 인도되어 나오는 것이다.

이런 관점에서 보자면 감수성은 재능이나 학문에 뒤지지 않을 정도로 중요한 것이며, 인간의 취향이나 성격을 결정하는 데 있어서는 그

두 가지보다 더 커다란 영향력을 가지고 있는 것이라고 말할 수 있을 지도 모르겠다.

남을 배려하는 마음은, 타인의 마음의 문을 여는 황금 열쇠다. 상대 방을 배려하면 그것이 부드러운 태도와 예의 바른 언행이 되어 자연 스럽게 나타날 뿐만 아니라 상대방의 마음을 꿰뚫어보는 통찰력을 부 여하고 지혜까지도 넓혀준다. 배려하는 마음은 인간성의 아름다움 중 에서도 최고의 것이라고 말해도 좋을 것이다.

그러나 인위적인 매너는 거의 아무런 도움도 되지 않으며, '에티켓' 이라 불리는 것은 그 속을 들여다보면 본질적으로는 무례하고 성실함 이 없는 경우가 많다. 형식에만 연연하는 꾸민 듯한 모습이 눈에 띄어 억지로 취하는 행동이라는 것을 바로 간파 당한다. 운이 좋으면 참된 예의를 대신할 수도 있을지 모르겠지만 결국에는 단순한 모조품에 지 나지 않는 것이다.

태도를 표현하는 것이 서툴러 손해를 보고 있지는 않은가?

바른 예의는 정중함과 부드러운 마음에서 비롯된다. 정중한 행동이 나 말은 우리가 타인에 대해서 품고 있는 감정을 겉으로 표현하기 위 한 일종의 기교라고 알려져 왔다. 하지만 상대방에 대해서 특별한 감 정이 없어도 정중한 태도는 취할 수 있다. 올바른 예의란 아름다운 행 위 이외의 그 무엇도 아니다.

'아름다운 태도가 아름다운 얼굴보다 나으며, 아름다운 행위는 아름다운 모습보다 낫다. 아름다운 행위는 뛰어난 조각품이나 초상화보다 더 깊은 감명을 준다. 즉, 그것은 최고의 예술작품이다.' 라는 말이 있는데 참으로 옳은 말이다.

하지만 아름다움을 초월한 참된 예의는 성의에서 태어나는 법이다. 마음 깊은 곳에서 솟아난 것이 아니면 감동도 적어진다. 성실함이 결여된 예의란 있을 수 없다. 선천적으로 타고난 성격에서 어색함과 고리타분함을 제거하여 성의를 겉으로 드러내도록 해야 한다.

모범적인 예절은 물과 같은 것으로 맛도 잡티도 없는 투명하고 맑은 것이 가장 맛있다. 인간의 천성은 인간 본래의 강한 악을 덮어버린다. 이와 같은 천성과 개성이 없다면, 우리의 생활은 무미건조하고 변화가 없는 것이 되고 인간다운 늠름함도 잃어버리게 될 것이다.

올바른 예의는 친절한 마음이다. 타인의 행복을 생각해서, 불쾌한 생각이 들게 할 만한 행동은 결코 하지 말아야 한다. 그것은 타인에 대한 친절일 뿐만 아니라 자신도 감사의 마음을 잊지 않고 부드러운 행동을 솔직하게 고맙게 여기는 일이기도 하다.

상대방의 마음을 어떻게 잡을 것인가?

마음을 쓴다는 것은 타인의 인격을 존중한다는 것이다. 내가 존경받고 싶다면 상대방의 개성을 먼저 존중하고, 가령 상대방의 사고나 의견이 나와 다르다 할지라도 그것을 기꺼이 인정해야 한다.

남을 배려할 줄 아는 사람은 상대방에게 경의를 표하는 태도를 잊지 않으며, 때로는 가만히 이야기를 들어주는 것만으로도 상대방이 존경심을 품도록 하는 경우도 있다. 이런 사람들은 인내심이 강하여 자신을 억제할 능력을 가지고 있으며, 선악에 대한 판단도 엄격하게 내리지 않는다. 상대방을 나쁜 사람이라고 단정 짓는다면 자신도 틀림없이 그와 똑같은 일을 당하게 될 것이다.

하찮은 악의와 비뚤어진 본성은 가장 비싼 것

무례하고 충동적인 사람은 때때로 농담 때문에 친구를 잃어버린다. 자신의 입에서 나온 농담으로 일시적인 쾌감에 잠긴 것 때문에 상대방의 미움을 사게 된 바보 같은 녀석이라는 말을 들을 것이 뻔하다.

'악의와 비뚤어진 본성은 인간이 가지고 있는 사치품 중에서도 가장 비싼 것'이다.

남에게 상냥하고 분별 있는 사람은 자신이 이웃들보다 훌륭하다거나, 영리하다거나, 부자인 척하지 않는다. 자신의 사회적 지위나 집안을 자랑스럽다는 듯이 이야기하지 않으며, 자신과 똑같은 특권을 가지고 있지 않다고 해서 상대방을 얕잡아보지 않는다. 직업이나 성공한 일에 대해서 떠벌이지 않으며, 입만 열었다하면 '시간과 장소를 가리지 않고 자신의 일에 대해서만 얘기' 하지도 않는다.

뿐만 아니라 말과 행동 모두 자제하며, 허영을 부리지도 않고, 거드름을 피우지도 않는다. 이런 사람들은 자랑을 늘어놓는 대신 행동을 통해서 자신의 참된 성격을 나타낸다.

자신에게는 브레이크를, 우정에는 액셀러레이터를

타인의 기분을 존중하지 못하는 사람의 대부분은 자기중심적인 사람들이며, 그것은 친해지기 어려운 서먹서먹한 태도가 되어 나타난다. 악의가 있다기보다는 배려하는 마음과 섬세함이 부족한 것이라고 말하는 편이 더 정확할지도 모르겠다.

그런 사람들은 어떻게 하면 상대방을 기쁘게 해줄 수 있는지, 또는 상처가 되는지와 같은 아주 사소한 일조차도 깨닫지 못하며 아예 그것을 생각하려 들지도 않는다.

성장환경이 좋은지 나쁜지는 그 사람이 인간관계를 유지하는 데 있어서 자기희생 정신이라는 것을 어느 정도 발휘할 수 있는지를 보면 알 수 있다고 해도 과언은 아닐 것이다.

동료들과의 관계에 있어서 어느 정도의 자제심도 가지고 있지 못한 사람은 함께 하기 어려운 존재이다. 언제나 주위 사람들에게 귀찮은 문제만 안겨주기 때문에 누구도 그와 적극적으로 사귀려 들지 않는다. 많은 사람들이 자제심이 부족하기 때문에 교제 범위가 좁아져 출세를 하지 못하거나, 비뚤어진 본성과 타인을 배려하지 못하는 성격 때문에 성공을 거두지 못한다.

반대로 재능은 떨어지지만 자신을 억제하고 참을성 있게 냉정함을 잃지 않도록 노력하는 것만으로도 성공으로 가는 길을 여는 사람들도 있다.

이처럼 인생에서 성공을 거둔 사람 중에는 재능뿐만 아니라 그 성격 때문에 성공을 거둔 사람들도 있다. 특히 밝고 명랑한 성격이 행복을 가져다준다는 것은 틀림없는 사실인 것 같다. 상냥하고 부드러운 태도, 사람과 사람이 사귀는 데 없어서는 안 될 흥미로운 화젯거리, 언제나 기꺼이 타인을 위해서 봉사하는 마음이 그들에게 행복을 가져다주는 것이다.

한편 타인을 존중하지 못하는 마음은 여러 가지 무례한 형태로 나타난다. 예를 들자면 몸가짐이 단정하지 못하고, 청결하지 못하며, 사람들에게 불쾌감을 주는 버릇을 그만두지 못하는 등의 형태로 나타난다. 단정하지 못하고 지저분한 사람은 겉모습의 불쾌감으로 주위 사람들의 감정을 상하게 한다. 형태는 다르지만 그것 역시 예의를 모르는 무례한 태도라고 할 수 있다.

'대인관계를 원만하게 유지하는 것'은 하나의 커다란 재능

완성된 예의범절은 결코 딱딱한 것이 아니다. 특별히 사람의 눈에 띄지도 않고 자연스러우며 거만하지도 않다. 있는 그대로의 꾸밈없는 정중함과 꾸며낸 것과는 서로 공존할 수 없다.

프랑스의 모럴리스트 라로슈푸코는 "그럴듯하게 보이려는 욕망만큼 자연스러운 행동을 방해하는 것도 없다."고 말했다.

이렇게 해서 다시 타인의 마음에 대한 배려, 친절한 마음, 정중함, 상냥함이 되어 겉으로 드러나는 인간의 성의와 진심에 대한 문제로 얘기가 다시 돌아가게 된다.

솔직하고 성의에 넘치는 사람은 가만히 있어도 이와 같은 분위기가 저절로 배어나기 마련이다. 이런 사람은 단지 그 자리에 있는 것만으로도 주위 사람들을 따뜻하게 감싸고, 마음을 설레게 하며, 그들의 마음을 사로잡아버린다. 이처럼 차원 높은 매너는 인격과 마찬가지로 참된 힘이 되어준다. 종교가인 킹즐리는 이렇게 말했다.

"시드니 스미스가 빈부를 막론하고 그와 관계를 맺고 있는 모든 사람들로부터 사랑과 존경을 받을 수 있었던 것은 한 가지 행위 때문이라고 생각한다.

틀림없이 무의식적일 테지만 그는 부자도, 가난한 사람도, 하인도, 손님으로 초대받아 온 귀족도 모두 똑같이 배려하는 마음으로 밝은 애정이 담긴 태도로 접했을 것이다. 덕분에 그는 어디에서나 사람들에게 행복을 주었으며 자신도 행복을 맛볼 수 있었다."

우선 자기 주위에 마음을 쓰는 일부터 시작하자

일반적으로 예의란 좋은 가정에서 태어나 자란 사람들 그리고 사회의 저변이 아닌 상류사회에 속해 있는 사람들이 가지고 있는 특질인 것으로 여겨지고 있다.

상류계급의 아이들은 대부분 좋은 환경에 둘러싸여 자라고 있기 때문에 이런 생각도 어느 부분까지는 이해가 간다. 하지만 가난한 사람들이라고 해서 부자와 마찬가지로 서로 예의를 지켜가며 사귀어서는 안 된다는 법은 어디에도 없다.

자신의 손을 더럽혀가며 노동에 힘쓰는 사람들도 스스로에게 자부심을 갖고 타인을 존경할 수 있다. 상대방에 대한 태도, 상대방에게 하는 말을 바꾸면 예의범절, 마음 씀씀이에 의해서 상호간에 신뢰감과 자존심을 전달할 수 있다.

이처럼 배려하는 마음만 있다면 직장에서, 이웃과의 사귐에서, 가정에서도 즐거움은 얼마든지 늘어나는 법이다. 가령 일개 노동자에 불과하다 할지라도 동료를 계발하고, 근면하고 예의바르며 배려하는 마음이 있는 자신의 생활태도를 스스로 보여주고, 그것을 모든 사람들에게도 조금씩 배우게 하는 일은 할 수 있을 것이다.

노동자로 있었을 때 벤저민 프랭클린은 이렇게 해서 공장 전체의 본질을 완전히 바꿔놨다고 한다.

바른 예의는 가장 '경제적인' 귀중품이다

지갑 속에 돈은 없어도 예의를 지키는 일은 가능하다. 바른 예의는 언제 어디서나 도움이 되는 귀중품이지만 무료로 사용할 수 있다. 생활필수품 중에서도 가장 값이 싸다. 예술품 중에서는 가장 소박할지도 모르겠지만 사회에 도움이 되고 사람들에게 기쁨을 부여한다는 관점에서 보자면 자선행위에 가깝다고도 할 수 있을 것이다.

예의바른 언어나 행동은 참으로 경제적인 것들이다. 크게 힘들이지 않고서도 쉬고 있을 때나 일을 할 때나 마음을 편안하게 해준다. 이것이 근면함, 의무의 수행과 하나가 되면 더할 나위 없는 것이 된다.

가난함도 그 대부분은 좋은 취향에 의해 구제받을 수 있다. 가정을 꾸려나가는 데 그것이 나타나면 초라한 집에 풍취와 빛을 가져다준다. 집안에 세련되고 밝은 분위기가 감돌며 따뜻한 마음이 솟아난다.

이처럼 배려하는 마음, 총명함과 하나가 된 좋은 취향은 어떤 생활을 하고 있는 사람일지라도 그를 끌어들여 아름답게 장식을 해준다.

'단순한 돌로 끝날 것인가, 훌륭한 옥이 될 것인가'를 가르는 분기점

예의범절을 가르치는 최초이자 최고의 학교는 인격의 경우에서와 마찬가지로 가정이며, 거기서는 어머니가 선생님이다. 일반적인 의미에서의 사회적 매너란, 좋든 나쁘든 가정이라는 집단에서의 매너의 반영에 지나지 않는다.

단, 따뜻한 가정에서 자라지 못했다는 핸디캡이 있다 하더라도 지식처럼 자신의 힘으로 예의범절을 익히는 훈련을 거듭하고, 훌륭한 본보기를 보고 배우며, 타인에 대한 기분 좋은 태도를 기르는 것은 불가능한 일이 아니다.

우리는 모두 거의 가공되지 않은 보석과 같은 존재다. 보석 본래의 아름다움과 빛을 이끌어 내기 위해서는 자신보다 뛰어난 사람들과 사귀며 자신을 연마해야만 한다.

개중에는 보석의 일면밖에 연마하지 않는 사람도 있는데 보석의 가치를 유감없이 발휘하기 위해서는 경험에 의한 단련과, 일상생활의 인간관계에서 본보기가 될 만한 사람과의 접촉이 필요하다.

올바른 매너를 익히려면 감수성이 풍부해야 한다. 대체로 여자는 남자보다 감수성이 예민하기 때문에 선생님으로서의 감화력도 크다. 여자는 남자보다도 자제심이 강하고 본질적으로 품위가 있으며 예의도 바르다. 여자는 감각적으로 기지를 발휘하며, 행동에 옮기는 것도 빠르고, 타인의 마음을 꿰뚫어보는 날카로운 통찰력을 가지고 있으며, 재빨리 상대방을 구분해서 적절하게 대응할 줄도 안다.

일상생활의 사소한 문제에 직면하게 되면 여자는 본능적으로 적절하고 기민한 반응을 보이며 능숙하게 그것을 처리한다. 예의바른 남자 중에는 부드럽고 재치 넘치는 여자와의 접촉을 통해서 세련된 태도를 익힌 사람들이 많다.

위기를 모면하게 해주는 '재치'의 힘

재치는 예의범절 중에서도 직감에 의한 것으로, 재능과 지식으로도 해결하지 못하는 어려운 문제를 해결해주는 힘을 가지고 있다. 한 평론가는 이렇게 말했다.

"재능은 힘이며, 재치는 특수한 기술이다. 재능은 무엇을 해야 하는가를 알고 있으며, 재치는 어떻게 해야 하는가를 알고 있다. 재능은 존경할 만한 사람을 만들며 재치는 곧 사람들의 존경심을 불러일으킨다. 재능은 재산이며 재치는 바로 사용할 수 있는 현찰이다."

외모가 추하기로 둘째가라면 서러워할 정도의 남자가 자신은 여자의 마음을 사로잡는 일에 있어서만은 영국 최고의 미남과 비교해도 크게 차이가 없다고 곧잘 떠들고 다녔다. 이는 상대방의 마음을 거스르지 않는 재치와 하나가 된 매너의 위력이다.

하지만 이 남자의 이야기는 예의범절에 너무 연연해서는 안 된다는 경고도 포함하고 있다. 예의가 참된 성격을 감춰버리는 경우도 있기 때문이다. 빈틈없는 예의범절을 익힌 사람은 좋지 않은 목적으로 사람들의 눈을 속일 수도 있는 법이다.

참된 '인간다움'은 어디서 태어나는가?

　예의는 미술품과 마찬가지로 감동을 주며 보기에 매우 기분 좋은 것이다. 하지만 사람이 '가지고 있지도 않은 미덕을 마치 있는 것처럼 보이는 것'처럼 예의도 그저 가면 대신 사용될 가능성도 있다.

　그것은 눈에 보이는, 외면적으로 좋은 행동을 나타내는 것이기는 하지만 겉모습만 그렇게 보이는 얄팍한 행동일지도 모른다. 세련된 몸동작을 보인다 할지라도 마음속은 완전히 썩어 있을지도 모르며, 한 치의 빈틈도 보이지 않는 예의바른 행동이라 할지라도 결국에는 억지로 보이는 웃음이나 미사여구를 늘어놓은 것에 불과한 것일지도 모른다.

　이와는 반대로 풍부한 인간성을 가지고 있으면서도 예의를 몰랐던 사람들도 있었다는 점을 잊어서는 안 된다.

　딱딱한 껍질이 과실을 감싸고 있는 것처럼 무뚝뚝한 외관이 친절하고 따뜻한 성격을 가둬버리는 경우를 흔히 볼 수 있다. 거칠어 보이는 사람은 예의범절을 모르는 사람 같은 인상을 주지만, 마음속에는 의외로 성실함과 다정함, 따뜻함이 넘쳐나고 있는 경우가 있는 법이다.

추상(秋霜)과 같은 엄격함과
춘풍(春風) 같은 부드러움의 '최고의 걸작'

루터는 언뜻 보기에 무례하고 거칠기 짝이 없는 사람이었다.

하지만 그가 살아가던 시대 자체가 야만적이고 폭력에 넘쳐 있었기 때문에, 그런 속에서 루터가 이루려 했던 일을 부드러움이나 다정함으로는 도저히 달성할 수 없었다. 유럽을 무기력한 잠에서 깨우기 위해 그는 온 힘을 다 짜냈고, 때로는 거친 어조로 사람들을 분발케 했으며, 격문을 쓰지 않을 수 없었다.

하지만 루터는 말만 거칠었을 뿐이다. 보기에도 거칠었던 외견 속에는 따뜻한 마음을 숨기고 있었다.

일을 마친 루터는 부드럽고 자애에 넘쳤으며, 꾸밈이 없었고, 평범한 사람 이상으로 소박하고 가정적인 사람이었다. 루터는 자신에게 엄격한 고집쟁이였다. 감정이 풍부하고 다정한 '유쾌한 사람'이기도 했다.

남자다움은 성실함으로 지킨다

누구에게나 깐깐하게 대하며, 타인의 말에 참견하고, 이런저런 이의를 주장하는 버릇은 냉담하고 분위기를 깨는 것이다. 그렇다고 해서 무슨 말이든 선선히 받아들인다면 그것 역시도 유쾌하지는 않다. 남자답지 못하고 성실함이 느껴지지 않는다.

무관심과 담백함, 당연히 해주어야 할 칭찬을 해주는 것과 입에 발린 소리를 해대는 것, 이 두 가지를 구별하는 것은 매우 어려운 일이라고 생각할지도 모르겠지만 사실은 아주 간단한 것이다. 올바른 일을 올바른 방법으로 실행하려면, 기분 좋고 꾸밈없는 태도로, 깊은 배려를 보여야 한다는 사실을 잊지 않기만 하면 되는 것이다.

'사귀기 힘든 사람' 속에 성실함이 있다

시원시원하고 세련된 사람과 까다롭고 어색한 사람, 일이나 사회활동을 하거나 혹은 가벼운 교제를 나누기에 어떤 사람이 적합할까 하는 문제는 새삼스레 생각할 필요도 없을 것이다. 하지만 어느 쪽이 충실한 친구가 되고, 약속을 어기지 않고, 양심적으로 의무를 다하겠는가 하는 문제에 대해서 생각해보자면 얘기가 또 달라진다.

프랑스 사람들이 말하는 '꼴사나운 영국인', 즉 쌀쌀맞고 무뚝뚝한 영국인은 처음 만났을 때는 틀림없이 사귀기가 힘들다. 마치 막대기라도 삼킨 듯 태도가 딱딱하다. 하지만 그것은 단지 부끄러워서 그러는 것일 뿐이다. 상대방을 얕잡아보고 거드름을 피우는 것이 아니라 부끄러워서 그러는 것일 뿐으로, 그런 마음을 아무리 떨쳐내려 해도 생각한 대로 되지 않는 것이다.

내성적인 두 영국인이 처음 만났다고 하자. 마치 고드름이 두 개 솟아 있는 듯하다. 두 사람은 상대방에게 들키지 않도록 조금씩 몸을 움직여 어느 틈엔가 서로 등을 돌리게 되었다. 만약 여행 중이었다면 기차에 타서도 정반대되는 구석에 가만히 앉을 것이다.

이처럼 내성적인 영국인이 기차로 여행을 할 때는 우선 혼자 여행을 하기 위해서 빈 객실이 없는지 열차를 따라 걷기 시작한다. 그리고 자신이 원하던 곳을 찾아내고, 천천히 그곳에 자리를 잡고 나서는 그 객실로 들어올 손님을 내심 불안한 마음으로 기다린다. 자신이 소속되어 있는 클럽의 식당에 들어가면 내성적인 사람들은 모두 빈자리를 찾기 때문에 때로는 모든 테이블에 손님이 혼자 앉아 있는 풍경을 연출하기도 한다.

사교성이라고는 조금도 찾아볼 수 없는 이런 태도도 전부 부끄러움에서 온 것으로 이는 영국을 대표하는 국민성이라고 할 수 있을 것이다.

극히 내성적이었던 뉴턴과 셰익스피어

뉴턴은 동시대 사람들 중에서도 가장 내성적인 사고를 가진 사람이었다. 세상의 불평을 사는 것이 두려워 자신이 이룬 위대한 발견의 몇몇을 한동안 공표하지 않았을 정도였는데, 그 유명한 만유인력의 법칙, 이항정리와 그 응용도 실제로 발견한 날로부터 몇 년이 지난 뒤에 비로소 발표했다. 지구 주위를 맴도는 달의 자전설을 발표할 때도 자신의 이름을 『학사원회보』에는 싣지 않았으면 좋겠다며 이렇게 말했다.

"이름을 실으면 사람과의 친분이 또 늘어나게 된다. 그것을 정중하게 거절하는 것은 내게 고통이다."

모든 자료를 통해 추정해볼 때 셰익스피어 역시 상당히 내성적인 사람이었던 듯하다. 그의 희곡이 세상에 나오게 된 경위나 발표된 날짜에 대해서도 명료하지 못한 점이 많으며, 작품을 자신의 손으로 편집했다거나 출판허가를 내줬다는 기록도 남아 있지 않기 때문이다.

　자신이 쓴 연극에 아주 조그만 조연으로 출연했다는 점, 세평에는 전혀 관심을 두지 않았으며 동시대 사람들에게 비평받는 것을 노골적으로 싫어했다는 점, 어느 정도 금전적인 여유가 생기자 화려한 연극의 중심지인 런던에서 바로 모습을 감췄다는 점, 40세 될까 말까 한 나이에 은퇴하여 영국 중부의 이름도 없는 조그만 마을에서 여생을 보냈다는 점 등을 생각해보면 극도로 낯을 가리는 내성적인 사람이었다는 점을 알 수 있다.

　셰익스피어가 내성적이었던 이유는 바이런과 마찬가지로 다리가 불편했기 때문이라는 점도 원인으로 들 수 있다. 그 외에도 그에게는 인생에 대한 커다란 희망이 없었다는 점도 있다. 방대한 작품 속에 모든 재능ㆍ애정ㆍ미덕 등을 아낌없이 쏟아 부은 위대한 극작가가 희망에 대해서는 거의 언급한 적이 없으며, 대부분의 작품이 미래를 비관적으로 바라본 절망적인 작품이었다는 점은 매우 주목할 만한 현상이다.

　그가 지은 소네트에는 절망적인 냄새가 나는 것이 많다. 불편한 다리에 대해서 한탄하고, 배우라는 자신의 직업을 변명하고, '자신감 없음'과 희망 없는 사랑을 노래하고, '관에 갇혀버릴 것 같은 불길한 운명'을 예감하고, '편안한 죽음'에 대한, 진심에서 우러나는 비통한 외침을 올리고 있다.

자신을 향상시키는 확실한 '심안(心眼)'

기품 있는 매너, 예의바른 행동, 우아한 몸동작 그리고 인생을 아름답고 즐겁게 해주는 모든 예술은 양성할 만한 가치가 있는 것들이지만 성실함, 정직함 등과 같이 인간으로서 가장 기본적인 것을 무시하면서까지 익힐 필요는 없다.

미의 근원은 눈에 보이는 것이 아니라 마음속에 있는 것이어야 하며, 만약 예술이 아름다움을 낳지도 못하고 인격을 높여주지도 못한다면 크게 도움이 되는 것이라고는 말할 수 없을 것이다. 마찬가지로 정중한 예절은 마음이 담긴 동작과 함께 표현하지 않으면 의미가 없다.

예술은 소박한 기쁨의 근원이자, 높은 교양을 기르는 데 중요한 역할을 하는 것이다. 하지만 교양을 높이는 것과 연결되지 못한다면 그저 관능에만 호소하는 것이 될 뿐이다. 그리고 예술이 단지 관능적일 뿐이라면 그것은 인격을 강화하고 고양시키는 것이 아니라 오히려 약화시키고 타락시키는 역할밖에 하지 않을 것이다.

성실한 용기는 그 어떤 우아함보다도 낫다. 순수함은 기품보다 나으며, 몸과 마음의 청결함에는 제 아무리 뛰어난 예술작품도 이길 수 없다.

결론을 말하자면, 예절을 기르는 일을 무시하는 것은 아니지만 우리가 목표로 삼아야 할 것은 즐거움, 예술, 부, 권력, 지성, 재능보다도 더욱 숭고하고 위대한 것이라는 점을 잊어서는 안 된다. 즉, 그것은 순수하고 탁월한 인격을 말하는 것이다. 개인의 선의라는 확고한 기초 위에 성립되지 않는다면 제 아무리 예의바르고 품위가 있어도 그리고 제 아무리 뛰어난 예술작품이라도 우리를 향상시킬 수는 없을 것이다.

인생의 '질'과 '크기'를 결정짓는 것

가정에서 받은 가장 자연스러운 형태의 교육은 그 후에도 오랫동안 우리에게 영향력을 행사한다. 아니, 그 영향력이 완전히 사라지는 일은 결코 없을 것이다.

하지만 시간이 흐름에 따라서 곧 가정이 인격형성에 절대적인 영향력을 행사하지 못하게 되는 날이 찾아온다. 지금까지 가정이 해왔던 역할은 좀 더 인위적인 학교교육과 친구와의 교제에 넘겨지게 되며 인격은 거기서 강한 영향을 받으며 더욱 확고히 형태를 잡아가게 된다.

자신을 맡기기에 충분한 '본보기'를 주위로 끌어들인다

노소를 불문하고, 특히 젊은이들은 평소 사귀고 있는 친구의 흉내를 내고 싶어 하는 법이다. 조지 허버트의 어머니는 아들들에게 이렇게 가르쳤다.

"우리의 몸은 매일 고기와 야채로부터 영양분을 공급받고 있다. 우리의 영혼도 역시 주위 사람들의 본보기나 이야기 등으로부터 무의식 중에 좋은 것이든 나쁜 것이든 영양분을 취하고 있다."

사귀고 있는 사람의 영향을 전혀 받지 않고 인격을 형성할 수는 없는 법이다. 인간은 선천적으로 남의 흉내를 내게 되어 있다. 정도의 차이는 있겠지만 타인이 이야기하는 태도, 걷는 동작에서부터 사고방식에 이르기까지 영향을 받는 법이다.

"본보기에는 아무런 의미도 없는 것일까? 아니, 본보기야말로 모든 것이다. 우리에게 있어서 본보기는 학교 그 자체이며 다른 것으로부터는 무엇 하나 배우지 못한다."고 버크는 말했다.

모방은 거의 무의식중에 행해지는 것이기 때문에 그 효과도 확실한 형태로는 알 수 없다. 하지만 흉내 낸 사람에게 주는 영향은 영원히 사라지지 않을 것이다.

인격이 변했다는 사실을 뚜렷하게 알 수 있는 것은 느낌이 풍부한 사람이 매우 인상적인 인물을 접했을 때뿐이다. 하지만 별로 눈에 띄지 않는 사람이 주위 사람에게 어떤 형태로 영향을 주는 경우도 있을 수 있다. 그 인물이 본보기가 되어 끊임없이 모범을 보이면, 감수성이나 사물에 대한 사고, 습관 등이 확실하게 닮아가게 되는 법이다.

에머슨은 "오랫동안 함께 해온 노부부, 혹은 한 지붕 아래서 생활해온 사람들은 자신도 모르는 사이에 서로 닮게 되는 법이다."라고 말했다. 따라서 질력이 날 정도로 함께 생활해온 사람들은 결국 거의 구분해낼 수 없을 정도로 닮게 되는 법이다.

나이 먹은 사람들조차 이러니 유연성이 있고 감성이 풍부한 성격을 가진 젊은이는 자신을 둘러싼 사람의 말과 삶을 바로 흉내내려 하기 때문에 그 가능성은 훨씬 더 높다.

"교육에 대해서 여러 가지로 논의되어 왔지만 그 모든 것이 시각에 의존하는 본보기라는 점을 가볍게 보고 있는 듯한 느낌이 든다. 본보기야말로 전능한 것이다. 나는 형제들을 본보기로 많은 것들을 배웠다. 가족 전원이 참된 독립·자립정신에 불타고 있었기 때문에 나도 그들을 따라 그런 정신을 익히게 됐다.”고 의학자인 찰스 벨은 편지에서 밝혔다.

언제나 향상심을 잊지 않는 사람과 사귄다

환경은 인격형성에 커다란 영향을 준다. 개인의 성장기에 환경이 가장 큰 영향력을 발휘하는 것은 자연의 섭리와도 일치하는 것이다.

시간이 지남에 따라서 본보기를 흉내 내는 것이 습관이 되고, 어느 사이엔가 그 사람의 성격으로 굳어버린다. 그리고 그것을 깨달은 후에는 그 습관이 너무나도 강해져서 어느 정도는 자신의 자유로운 발상까지도 억제하지 않으면 안 되게 된다.

성격으로 굳어버린 나쁜 습관은 폭군과도 같은 것으로, 마음속으로는 저주를 하면서도 도저히 벗어나지 못하는 경우가 있다. 저항하려 해도 저항할 힘이 전혀 없는 습관의 노예로 전락해버리고 마는 것이다.

“습관이라는 난폭한 제국에 저항할 수 있을 만큼 강한 정신력을 기르는 것이 도덕교육의 주요한 목적 중 하나이다.”라고 로크가 말한 것도 이런 이유에서이다. 본보기에 의한 교육은 아주 자연스러운 마음 상태에서 무의식적으로 행해지는 경우가 많다. 그렇다고 해서 젊은이는 반드시 맹목적으로 주위 사람을 흉내 내야 한다는 것은 아니다. 자기 자신의 행동은 친구의 행동과는 비교할 수 없을 정도로 인생의 목적이나 인생관을 결정하는 강력한 힘을 가지고 있다.

그들은 모두 의지의 힘과 자유로이 행동할 수 있는 힘을 가지고 있다. 용기를 가지고 그 힘을 행사하면 자신의 판단으로 친구를 선택할 수 있다. 나이 든 사람도 마찬가지지만, 자기 습관의 노예로 전락하거나 타인을 맹목적으로 따르는 것은 확고한 인생의 목적을 가지고 있지 않을 때뿐이다.

'사귀는 친구를 보면 그 사람을 알 수 있다.' 는 말이 있다. 술을 마시지 않는 사람은 술을 마시는 사람과, 세련된 사람은 거친 사람과, 성실한 사람은 불성실한 사람과 사귀지 않는다.

타락한 인간과 사귀면 취향이 나빠지며 사고도 불건전해진다. 그런 늪에 빠지면 인격의 질도 당연히 저하된다.

그런 사람이 하는 말은 매우 위험하다. 바로 해를 미치지 않는다 할지라도 들은 사람의 마음에 악의 씨앗을 뿌려 이야기한 사람이 없어진 뒤에 머리를 쳐들기 때문이다.

"마치 언젠가는 반드시 되살아날 전염병과 같은 것이다."라고 세네카도 말했다.

바람직한 영향을 받고 그것의 지도를 받으며 자신의 자유 의지를 양심적으로 움직이게 하면 젊은이는 반드시 자신보다 뛰어난 친구를 찾아서 그 본보기를 흉내 내려 할 것임에 틀림없다. 적극적인 자세를 가진 선량한 사람과 사귀는 것은 언제나 좋은 자양분이 된다. 반대로 좋지 않은 친구와 사귀면 백해무익한 결과를 맞이하게 될 뿐이다.

자신을 높여주는 자극만을 흡수할 것

그 사람을 아는 것이 바로 사랑과 명예, 칭찬을 배우는 것이 되는 사람이 있는가 하면 그와는 반대로 경멸과 혐오감만을 가르쳐주는 사람도 있다.

고매한 인격을 가진 사람과 생활해보라. 틀림없이 자신도 향상되어 눈이 번쩍 뜨이는 듯한 느낌을 받을 것이다. '늑대와 생활하면 포효에 능숙해진다.'는 스페인의 격언도 있다.

아주 평범한 사귐이라 할지라도 이기적인 사람과 사귀는 것은 좋지 않다. 인정 없고 둔감하며 이기적인 생각이 몸에 배기 때문이다.

이는 인간적이며 관용적인 인격을 형성하는 데 부정적인 영향을 준다. 사물을 보는 시선이 틀에 갇히게 되며 도덕관념도 저하된다. 마음도 좁아지고 애매한 기회주의에 빠져버리기 쉽다. 원대한 야심을 품고 진정으로 완성된 인간이 되고 싶다는 소망을 가지고 있는 사람에게 있어서 이는 전부 치명상과도 같은 것이다.

이와는 반대로 자신보다 뛰어난 지능을 가진 경험 풍부한 사람과 사귀면 반드시 어떤 자극을 받아 활기에 넘쳐나게 된다. 인생에 대한 지식도 깊어질 것이다.

그들과 비교하고 자신을 평가하여 부족한 지식을 그들에게서 얻어야 한다. 그들의 눈을 통해서 인식의 깊이를 더하고 그 풍부한 경험,

특히 기뻐한 경험이 아니라 괴로워하고 고뇌한 경험을 통해서 보다 많은 유익한 교훈을 배울 수 있을 것이다. 그들이 강하다면 자신의 힘을 더해서 협력하면 된다.

이처럼 현명하고 활력에 넘치는 사람과 사귀면 인격형성에 가장 필요하고 가치 있는 영향을 반드시 받을 수 있을 것이다. 즉, 재능이 풍부해지고, 결단력도 강해지는 것이다. 높은 목적을 가지고 자신은 물론 타인의 문제까지도 해결해주는 데 도움이 될 만한 정확한 능력을 익힐 수 있을 것이다.

한 부인은 다음과 같이 술회했다.

"젊었을 때 혼자 생활한 덕분에 굉장한 손해를 봤다고 생각될 때가 있습니다. 타협하려 들지 않는 자아만큼 함께 생활하기 힘든 친구도 없습니다. 게다가 타인을 도우려면 어떻게 해야 하는지 전혀 알지 못하게 될 뿐만 아니라 무엇을 바라고 있는지 짐작도 하지 못하게 되어버립니다.

조용한 생활을 영위할 수 없을 정도로 요란스러워서도 안 되겠지만 사람과의 사귐은 우리에게 만족스러운 기분을 느끼게 하고 경험을 풍부하게 해줄 것입니다. 자선과는 또 다른 배려하는 마음이 점점 자라나 틀림없이 보물을 가져다 줄 것입니다. 인격의 향상에도 도움이 되고, 자신의 소중한 목표에서 눈을 떼지 않게 되며, 능숙하게 자신의 길을 개척해나갈 수 있게도 될 것입니다."

인격은 여러 가지 경우에 그 효력을 발휘한다. 직장에 훌륭한 인격자가 있으면 동료는 용기를 얻고 향상심도 높아질 것이다. 반대로 인격이 비열하고 노동의욕이 없는 사람은 자신도 모르는 사이에 동료의 질을 저하시킬 것이다.

선량한 사람과 대화를 나누면 반드시 선을 낳는다. 선량함은 넓은 범위에 걸쳐 영향을 준다.

'장미가 심어지기 전까지 저는 한낱 진흙에 불과했습니다.'

꽃향기를 피워 올리는 흙이 이런 말을 하는 장면이 동양의 전설 속에 있다. 콩 심은 데 콩 나고, 팥 심은 데 팥 나는 법, 선은 선밖에 낳지 않는다.

"선량함이 얼마나 많은 선을 낳는지, 참으로 놀랄 정도다. 선량한 것은 제 홀로 있지 않으며, 이는 악도 마찬가지다. 그것은 또 다른 선과 악을 낳으며, 새롭게 태어난 것은 또 다시 새로운 것을 낳고 끊임없이 이를 되풀이한다. 연못에 던진 돌이 수면 위로 파문을 점점 넓혀가 결국에는 첫 물결이 기슭에 닿는 것과 비슷하다. 이 세상에 존재하는 거의 모든 선은 이처럼 흘러가버린 먼 과거에서부터 차례차례로 이어져온 것이며, 측량할 수 없는 신의 뜻에서부터 전해져온 것이라고 나는 생각한다."이는 카논 모즐리의 말이다.

비평가 러스킨은 이렇게 말했다.

"사악한 아버지에게서 태어난 자는 사악함을 낳으며, 용감하고 명예를 중히 여기는 아버지로부터 태어난 자는 용기와 명예를 가르친다."

엄격한 생활방식 속에 강한 설득력이 있다

결국 우리는 좋은 본보기, 나쁜 본보기를 한꺼번에 보면서 나날을 보내고 있는 것이다. 훌륭한 사람의 삶은 미덕을 가르치거나 악을 엄격하게 부정하는 데 가장 강한 설득력을 가지고 있다.

조지 허버트 목사는 교구의 임무를 수행하기에 앞서 이렇게 말했다.

"무엇보다도 먼저 나 자신, 청렴하고 바르게 살아갈 각오다. 품행방정하게 하루하루를 보내는 목사의 자세에는 무엇보다도 강한 설득력이 있기 때문이다. 그 모습을 보고 사람들은 자연스럽게 경건한 마음을 품게 되며, 가능하다면 자신도 그와 같은 생활을 해야겠다고 생각하게 되는 법이다."

선은 위대한 힘으로 사람을 끌어당기고 지배한다. 선에 눈 뜬 사람이야말로 윗자리에 서기에 적합한 인물이다. 모든 사람들이 그 뒤를 따르려 할 것이다.

함께 있는 것만으로도 신선한 공기를 마시고 있는 것과 같은 기분이 들게 하는 사람이 있는 법이다. 태양 빛을 받으며 상쾌한 산의 공기를 마시는 것과 같이 그들의 존재는 우리에게 새로운 힘을 부여하고 우리를 격려해준다.

예를 들어서 토머스 모어의 온화한 성격은 선을 부르고 악을 억누르는 강한 힘을 가지고 있었다. 브룩 경은 병으로 쓰러진 친구이자 시인인 필립 시드니에 대해서 "그의 머릿속에서 번득이는 기지와 영지는 언어나 의견이라는 형태를 취하지 않고 그의 삶과 행동으로 모습을 바꿔, 자기 자신뿐만 아니라 타인까지도 훌륭한 인간으로 길렀다."고 말했다.

'존재감 있는 사람'의 무게, 감화력

위대하고 덕이 높은 사람을 보는 것만으로도 젊은이에게는 힘이 된다. 온화한 사람, 용감한 사람, 성실한 사람, 도량이 넓은 사람을 직접 보게 되면 동경과 존경심을 억제할 수 없게 된다. 프랑스의 소설가인 샤토브리앙이 워싱턴을 본 것은 단 한 번뿐이었지만 그 때의 감동을 평생 잊을 수가 없었다. 그 단 한 번의 만남에 대해서 그는 이렇게 말했다.

"내가 어떤 명성도 얻기 전에 워싱턴은 관(棺) 안으로 들어가 버렸다. 어디의 누구인지도 모를 한 사람의 인간으로서 나는 그의 앞을 지났다. 그는 눈부실 정도로 빛나고 있었다. 반면 나는 무명의 존재였다. 내 이름 같은 것, 그는 그날이 지나기도 전에 잊었을 것이다. 그럼에도 불구하고 그의 눈빛이 내게 쏟아졌을 때 나는 하늘로 날아오르는 듯한 기분이었다. 그 기억은 아직도 나를 따뜻하게 감싸준다. 위대한 인물이란, 그 눈빛만으로도 덕을 느낄 수 있는 법이다."

독일의 고대사가 니부르가 죽었을 때, 출판업을 하고 있던 친구 프레드릭 펠테스는 그에 대해서 이렇게 말했다.

"얼마나 훌륭한 친구였던가? 비열한 악인들은 그를 두려워했으며, 근면하고 정직한 사람들은 그를 의지했고, 젊은이들의 좋은 벗, 조언자였다."

펠테스는 다른 자리에서는 이렇게 말했다.

"인생에서 악전고투하고 있는 사람은 똑같이 괴로운 경험을 한 믿음직한 사람들에 둘러싸여 있는 것이 좋다. 사악한 생각은 훌륭한 인물의 초상화를 보는 순간 어딘가로 날아가 버린다. 그 삶을 생각하면 초상화를 가지고 있다는 사실이 부끄럽게 여겨질 것이다."

어떤 고리대금업자는 가톨릭 교도였는데 누군가를 속여야겠다는 나쁜 계획을 세울 때면 자신이 존경하는 성인의 초상화를 헝겊으로 덮었다고 한다.

평론가 해즐릿이 "아름다운 여인의 초상화를 앞에 두고 무례한 짓은 할 수 없을 것이다."라고 말한 것도 같은 맥락에서이다.

한 독일의 가난한 여자도 벽에 걸려 있는 루터의 초상화를 가리키며 "남자답고 성실한 이 얼굴을 가만히 보고 있으면 마음이 깨끗해지는 느낌입니다."라고 말했다.

불완전하기는 하지만 방에 걸려 있는 위인의 초상화와도 교류를 맺을 수 있는 것이다. 그 인물에게서 친근함을 느끼게 되며 그 모습을 바라보고 있으면 훨씬 더 잘 이해할 수 있을 것 같은 기분이 든다.

위인의 초상화는 우리와 훌륭한 인격을 연결시켜주는 고리다. 비록 영웅의 발끝에도 못 미친다 할지라도 늘 그 모습을 바라보고 있으면 어느 정도는 용기를 얻고 힘을 얻게 되는 법이다.

부드러운 마음을 가진 사람에게도 타인을 선으로 인도할 영향력이 있다. 시인 워즈워스는 여동생인 도로시에게서 평생 잊을 수 없는 깊은 감동을 받았다. 유년 시절에는 물론 어른이 돼서도 그는 동생이야말로 신이 내게 보내주신 보물이었다고 표현했다. 그녀는 두 살 밑이었지만, 그녀의 세심한 배려와 다정함은 그의 성격을 크게 감화시켜 시의 세계로 마음을 열게 했다.

이처럼 온화한 성격도 애정과 지성의 힘으로 인격형성에 영향을 주며, 언제나 타인을 향상시킬 수 있는 것이다.

언제나 주위에 '전류'를 흐르게 하는 사람의 에너지원

활력에 넘쳐나는 인격은 언제나 타인의 활력을 불러일으키는 힘을 가지고 있다. 공감이라고 하는 것을 불러일으키는 것이다.

이는 사람과 사람 사이의 깊이 있는 커뮤니케이션을 꾀하는 데 가장 효과적인 것이다. 어떤 한 가지 일에 열중하고 있는 정력적인 사람 주위에는 자연스럽게 사람들이 모여들기 마련이다. 그가 보이는 본보기에는 이상한 힘이 있기 때문에 그것을 흉내 내고 싶어 하는 법이다. 전류와도 같은 것이 그의 전신에서 흘러나와 주위 사람들에게 전달되어 불꽃을 피워 올린다.

비평가 아놀드는 이런 전류를 젊은이들에게 흘려보내는 힘을 가지고 있었다. 전기에는 이렇게 적혀 있다.

'젊은이들 사이에 자리 잡고 있었던 것은 결코 그의 말이나 학문, 재능에 대한 열광적인 동경이 아니었다. 그것은 일에 몰두하는 한 인간의 영혼에 공감하게 된 데서 얻은 감동이었다. 그가 이룬 업적은 건전하고 확고한 신념에 바탕을 두고 있었다. 그리고 그는 신을 공경하는 마음을 한시도 잊지 않고 있었다. 그것은 한층 더 깊은 의무감에 바탕을 둔 업적이었다.'

재능 있는 사람이 이런 힘을 사용하면 용기와 열의와 헌신의 감정을 불러일으킨다. 한 사람을 극단적으로 찬미한 덕분에 태어난 영웅과 순직자는 어느 시대에나 헤아릴 수도 없이 많았다. 강한 지배력을 갖춘 인격은 이처럼 직접적으로 사람들의 영혼에 영향을 준다. 영감을 받은 사람을 거듭나게 하며 활력을 불어넣어주는 것이다.

위대한 정신은 강한 방사력(放射力)을 가지고 있다. 힘을 방사할 뿐만 아니라 그것을 타인에게 전달하여 새로이 태어나게 할 수도 있다. 단테는 이 힘으로 페트라르카와 보카치오, 타소를 비롯한 수많은 위대한 영혼을 일깨워 자신의 뒤를 잇게 했다.

이웃을 보라, 그것이 자신이다

위대하고 덕이 있는 인물은 사람들로부터 흠모 받으며 강한 칭찬의 기분을 불러일으킨다. 뛰어난 인격을 칭찬함으로 해서 정신은 높아지고 자신의 정신을 해방시켜 이기심에서 벗어나 본래의 바른 모습으로 되돌아가게 한다.

위대한 사상과 행동을 남긴 사람을 생각하면 비록 한순간이라 할지라도 청아한 분위기에 휩싸이게 되어 자신의 목적과 목표도 숭고한 것이 된 듯한 느낌을 받게 되는 법이다.

"존경하고 있는 인물을 가르쳐준다면, 적어도 자네의 취향과 재능, 인품을 맞춰볼 수는 있을 걸세."라고 생트 뵈브는 말했다.

천한 사람을 존경한다면 그 사람도 천한 성격을 가진 것이며, 부자를 존경한다면 그저 속물에 지나지 않는 것이다. 직함이 높은 사람을 존경한다면 아첨꾼이거나 상대방의 눈치를 살피는 사람이다. 용기 있고 성실하며 남자다운 사람을 존경한다면 그 사람도 틀림없이 그와 같은 성격을 가지고 있을 것이다.

무엇인가를 동경하는 마음이 가장 강한 것은 인격형성기, 즉 젊은 시절이다. 우리는 나이를 먹어감에 따라서 점점 습관의 틀에 갇혀 무엇을 봐도 감동하지 않게 되어버리기 쉽다.

젊은 시절에는 성격에 유연성이 있고 감수성도 예민하다. 그런 시기에 위대한 인물에 대한 동경심을 심어둘 필요가 있다.

젊은이는 전혀 뜻밖의 인물을 영웅시하곤 하기 때문에 말도 안 되는 악한을 동경하게 될지도 모른다. 그렇기 때문에 아놀드는 자신의 제자들이 훌륭한 행동이나 뛰어난 인물, 멋진 풍경을 보고 감동하는 모습을 무엇보다도 기쁘게 여겼다.

"'무엇을 봐도 감동하지 않는다.'는 말은 악마가 좋아할 만한 말이다. 감동이 사라진다면 내 가르침의 가장 깊이 있는 부분을 학생들에게 전달할 수 없게 되어버릴 것이다. 말도 안 되는 안티 로망 풍조에 빠진 사람은 자기 재능의 가장 뛰어난 부분을 잃었을 뿐만 아니라 저열하고 저급하기 짝이 없는 것으로부터 자신을 지키는 법조차 잊어버린 것이라는 생각이 들어 참으로 안타깝다.”

참된 영지(英智)를 구분할 줄 아는 눈과 열의

“타인의 장점을 인정하고 칭찬하는 사람은 누구보다도 많은 친구를 얻게 된다. 그런 사람의 성격은 대범하고 솔직하며 마음이 따뜻하고 타인의 공적을 순수하게 기뻐할 줄 안다.”

새뮤얼 존슨은 이렇게 말했다.

존슨의 친한 친구인 보스웰은 그에 대해서 신을 숭배하는 것과도 비슷한 마음을 품고 있었다. 그랬기 때문에 전기문학의 걸작인 『새뮤얼 존슨 전』이 태어날 수 있었던 것이다. 존슨과 같은 인물에게서 매력을 느껴 타인에게 멸시 받고 무시당하면서도 그에 대한 존경심을 잃지 않았던 것은 보스웰 자신이 뛰어난 성격을 가지고 있었기 때문일 것이다.

그런데 정치가 매콜리는 보스웰에 대해서 “의지가 약하고, 자만심이 강하며, 뻔뻔스러울 뿐만 아니라 이것저것 들춰내기를 좋아하고 말이 많다. 거기다 위트와 유머가 없고, 설득력도 없어 진저리가 쳐질 만큼 혐오스러운 사람이다.”라고 폄하했다.

하지만 칼라일은 그의 성격을 좀 더 정확하게 파악했다.

"틀림없이 보스웰에게는 여러 가지 면에서 자만심이 강하고 어리석은 점이 있었을지는 모르겠지만 참으로 뛰어난 영웅을 진심으로 칭찬하는, 옛날부터 내려오는 숭배주의가 몸에 배어 있었다. 그렇지 않았다면 『새뮤얼 존슨 전』은 쓰지 못했을 것이다.

영지를 알아보는 눈과 열의 그것을 말로 표현할 줄 아는 능력이 있었기 때문에 보스웰은 걸작을 세상에 내놓을 수 있었던 것이다. 자유분방한 통찰력, 샘솟듯 솟아나는 재능 그리고 무엇보다도 어린아이와 같은 순수함과 애정이 있었기 때문에 가능한 일이었다."

마음속에 자신만의 영웅을 가질 것

마음이 넓은 젊은이, 특히 책을 많이 읽는 젊은이에게는 자신만의 영웅이 있다. 예를 들어서 앨런 커닝엄은 니스데일의 한 석공 밑에서 일을 하고 있을 때, 스콧을 만나고 싶다는 일념으로 에든버러까지 걸어갔다. 무엇엔가 홀린 듯한 이 젊은이의 행위를 나도 모르게 칭찬해 주고 싶어지며, 여행을 떠나겠다고 결심한 결단력에는 머리가 저절로 수그러진다.

시인 로저스는 "어렸을 때, 새뮤얼 존슨과 만나기를 무엇보다도 바라고 있었다."고 곧잘 사람들에게 얘기했었다. 하지만 존슨의 집 앞에 선 순간 갑자기 겁이 나서 그대로 돌아와 버렸다고 한다.

유태계 문인인 아이작 디즈레일리도 젊은 시절에 로저스와 같은 목적으로 존슨의 집을 찾았었다. 문을 두드릴 용기는 있었지만, 안타깝게도 이 위대한 '영어사전'의 편집자는 몇 시간 전에 숨을 거뒀다고 하인이 알려주었다.

도량이 좁은 사람은 타인을 진심으로 칭찬하지 못한다. 가엽게도 그들에게는 존경의 마음은 물론 위대한 인물과 그 업적을 인정할 능력조차도 없는 것이다.

마음이 좁은 사람은 동경하는 것의 규모도 작다. 두꺼비의 머릿속에 떠오르는 가장 아름다운 것이란 자신과 사이가 좋은 암두꺼비며, 하찮은 속물 신사가 이상적이라 생각하는 사람은 이름만 알려진 속물 신사다.

노예상인은 노예의 체격을 보고 값을 매긴다. 기니의 한 노예상인은 로마 교황과 화가 앞에서 다음과 같은 말을 했다고 전해진다.

"당신들이 얼마나 훌륭한지는 모르겠지만 제가 보기에는 썩 마음에 들지 않습니다. 두 분을 합쳐놓을 것보다 체격이 좋은 사내를 10기니에 사들이는 경우가 흔히 있으니까요."

현명한 사람은 어리석은 사람에게서도 배운다

'설사 친구라 할지라도 나의 불행을 보고 진심으로 슬퍼할 것이라고는 장담할 수 없다.'는 프랑스의 모럴리스트인 라로슈푸코의 격언이 있다. 타인의 성공을 보고 질투를 하거나 불쾌함을 느끼는 것은 본질적으로 도량이 좁거나 비천한 성격을 가지고 있기 때문이다.

불행하게도 세상에는 대범한 마음을 갖지 못한 사람들이 많다. 타인을 비웃을 줄 밖에 모르는 사람처럼 불쾌한 것도 없다. 이런 사람들은 매우 훌륭한 업적이라 할지라도 타인의 성공을 분하게 여기는 경우가 많다. 다른 사람이 칭찬 듣는 것을 참지 못하는 것이다. 상대방이 자신과 같은 길을 목표로 삼고 있거나 같은 직종에 있는 경우는 더욱 그렇다. 타인의 잘못은 용서해도, 자신을 뛰어넘어 무엇인가를 하려는 것에는 견디지를 못한다.

그리고 좌절했을 때 비로소 자신이 지금까지 얼마나 지독하게 사람들을 헐뜯어왔는지 뼈저리게 느끼게 되는 것이다. 한 비뚤어진 성격의 비평가는 자신의 라이벌에 대해서 이렇게 말했다.

"신은 저 사람에게 아주 훌륭한 재능을 주었다. 그러니 어찌 유쾌한 기분으로 있을 수 있겠는가?"

저열한 견해를 가진 사람은 타인을 비웃거나 공격하여 흠을 잡겠다는 생각밖에 하지 못한다.

분별없는 뻔뻔스러운 행위나 반도덕적인 행위 이외의 모든 것에 언제 조소를 퍼부을지도 모른다. 이런 사람들이 가장 기뻐하는 것은 인격자에게 약점이 있다는 사실을 알게 되었을 때다.

"현명한 사람이 실수를 하나도 저지르지 않는다면 어리석은 사람은 견딜 수 없을 것이다."라고 조지 허버트는 말했다. 실수를 저지르지 않음으로 해서 현명한 사람은 어리석은 사람의 본질을 알 수 있지만, 어리석은 사람은 현명한 사람이 보여주는 본보기를 보고서도 아무런 감동도 얻지 못하는 경우가 많다.

"위대한 인물과 충실한 시대의 좋은 점을 보지 않고 결점만 보는 것은 참으로 슬퍼할 만한 성격이다."라고 한 독일 작가는 한탄했다.

재능은 정열을 얻어야만 꽃을 피운다

위대한 인물을 본보기로 그의 스타일과 방식, 재능을 배워 자신의 인격을 만들어간 예는 역사의 페이지를 펼치면 얼마든지 찾아볼 수 있다. 군인과 정치가, 연설가, 애국자, 시인, 예술가 등은 모두 무의식 중에 본받을 만한 가치가 있는 사람의 행동과 삶을 통해서 많든 적든 무엇인가를 배운 것이다.

위대한 인물은 왕과 교황, 황제에게도 칭찬하고 싶은 마음을 품게 한다. 한없는 번영을 누렸던 메디치 가의 프란체스코조차도 미켈란젤로와 이야기할 때는 반드시 모자를 벗었으며, 교황 율리우스 2세도 추기경들은 세워놓아도 미켈란젤로만은 늘 자기 옆 의자에 앉게 했다.

독일의 황제 카를 5세는 화가 티치아노를 늘 높이 평가했다. 한번은 티치아노가 실수로 붓을 떨어뜨렸는데 황제가 직접 몸을 굽혀 그 붓을 주워든 뒤 이렇게 말했다.

"자네는 황제인 나의 봉사를 받을 만한 자격이 있네."

뛰어난 재능은 결코 '외롭지 않다'

하이든은, 다른 사람은 모르겠지만 음악 선생님에게만은 미움을 받았으며 인정도 받지 못했다고 농담처럼 고백했다. 하지만 유명한 음악가들은 모두 서로의 재능을 놀라울 정도로 칭찬하는 법이다. 하이든은 사람들로부터 질투의 시선을 받지는 않았던 것 같다.

이탈리아의 유명한 작곡가 포르포라에 심취해 있던 하이든은 그의 하인이 되기로 결심했다. 포르포라의 가족과 만날 기회를 얻은 그는 자신의 생각대로 일을 할 수 있게 되었다. 그날 이후로 그는 매일 아침 대선배의 코트에 솔질을 하고, 구두를 닦고, 낡은 가발을 손질하기에 여념이 없었다.

처음에는 이 '침입자'에게 잔소리만 해대던 포르포라도 곧 마음이 풀어져 결국에는 그에게 애정을 품게까지 되었다. 그가 이 하인의 재능을 재빨리 알아차리고 적절하게 지도하여 그 재능을 키워준 덕분에 하이든은 음악가로서 명성을 얻을 수 있었다.

헨델에 대한 하이든의 동경 또한 열광적이어서 "헨델은 우리 모두의 아버지다."라고까지 단언했다. 스칼라티도 헨델의 열렬한 숭배자였다. 그의 이름을 들을 때마다 존경의 마음을 표시한다는 증거로 가슴에 성호를 그었다고 한다. 모차르트의 마음 역시 뜨거워서 "헨델의 음악은 번개처럼 마음을 때린다."고 말했다.

베토벤은 '음악 왕국에 군림한 왕자'라고 헨델을 칭송했다. 베토벤이 숨을 거두기 직전에 친구가 40권에 이르는 헨델의 작품을 보내왔다. 그것을 가만히 바라보던 베토벤의 눈에 생기가 돌기 시작했다. 그는 그것을 손가락으로 가리키며 이렇게 외쳤다.

"아, 진리가 이곳에......."

하이든은 고인뿐만 아니라 동시대를 살았던 젊은 모차르트와 베토벤의 재능도 높이 평가했다. 마음이 좁은 사람은 자신의 동료들에게 질투심을 느끼지만 참으로 위대한 인물은 서로를 인정하고 사랑하는 법이다. 하이든은 모차르트에 대해서 이렇게 적었다.

'그 누구도 흉내 낼 수 없는 모차르트의 멋진 음악을 나도 좋아하며 크게 감동했다. 그의 작품을 세상의 모든 음악 애호가 그리고 특히 훌륭한 사람들이 이해해주기를 바란다. 그리고 깊은 감명을 맛보기 바라는 것이 내 소망이다. 그렇게 하면 어느 나라에서도 모차르트라는 보석을 자기 나라의 보석으로 삼고 싶어질 것이다. 프라하는 이 뛰어난 인물을 국내에만 머물게 해서는 안 되며 정당한 보수를 지급해야 한다. 그렇게라도 하지 않는다면 위대한 천재의 일생이 너무 초라해진다. 비할 데 없이 뛰어난 모차르트가 아직 어느 왕실의 지원도 받지 못했다는 사실을 생각하면 화가 난다. 너무 흥분한 점은 사과드리지만 나는 이 사람이 정말로 좋다.'

모차르트도 하이든의 장점을 솔직하게 인정했다. 모차르트는 한 비평가에게 이렇게 말했다.

"당신과 나를 녹여 하나로 합친다 해도 하이든 한 사람을 만들 재료로는 부족할 것입니다."

그리고 베토벤의 음악을 처음으로 들은 모차르트는 "저 젊은이의 음악을 들어보라. 틀림없이 세계적인 명성을 얻게 될 것이라는 확신을 품게 될 것이다."라고 감상을 밝혔다.

'위대한 삶'은 시간을 초월하여 영원히 살아남는다

위대한 사람이 보여준 본보기는 영원히 사라지지 않는다. 언제까지고 살아남아 후세에 교훈을 전해준다.

전기소설은 열심히 살면 어떤 인간으로 성장하고, 어떤 일을 성취할 수 있는지를 가르쳐준다. 그것을 읽으면 새로운 자신감과 힘이 솟아오른다. 등장하는 인물이 독자의 손에 닿지 않을 정도로 위대하다 하더라도 동경과 희망을 품도록 용기를 심어줄 것이다.

같은 세계를 살아온, 몸 안에 우리와 똑같이 붉은 피가 흘렀던 대선배들의 생애는 만국 공용의 힘을 가지고 있다. 그들은 지금도 여전히 풀잎 속에서 우리에게 말을 걸어 그들이 걸어온 길로 인도해준다. 그들이 몸소 보여준 본보기는 우리에게 가르침을 주고, 영향을 주어 올바른 인생을 걸어갈 수 있도록 하기 위해 영원히 살아 있을 것이다.

고결한 인격은 시대에서 시대로 영원히 이어지는 유산으로 그와 같은 인격을 끊임없이 낳을 것이다.

언제나 신선함을 잃지 않는 '인생의 반려'

'성인은 백년의 가르침을 펼친다. 노자의 삶에 대해서 알게 되면 어리석은 사람은 현명해지고, 쉽게 망설이던 자는 강한 결단력을 얻게 된다.'는 중국의 말이 있다.

뛰어난 인물의 생애는 언제나 변함없이 후세 사람들에게 자유와 해방의 복음이 되는 것이다.

'우리는 뒤에 남을 자의 마음속에서 언제나 살아 있다.'

인과 덕에 넘치는 사람의 입에서 나온 말이나 행동으로 나타난 본보기는 시대와 상관없이 살아 있다. 그것들은 모두 뒤를 잇는 사람들의 머리나 마음속으로 스며들어 인생의 좋은 반려자로 우리에게 도움을 줄 뿐만 아니라 죽음을 맞이할 때의 마음을 위로해주기까지 한다.

인도에서 포교활동을 하다 차가운 감옥에서 생을 마감한 헨리 마틴은 이렇게 말했다.

"후세 사람들에게 훌륭한 가르침과 본보기를 남기는 빛나는 명예란, 진실로 위대한 인물들에게만 허락된 것이다."

인생의 승부에서 이긴다

지 금 있 는 곳 에 서 전 력 투 구 할 수 있 는 가 ?

살아가는 데 필요한 용기의 대부분은 영웅적인 용기가 아니다. 역사에 남을 만한 용기에 버금가는 용기는 일상

생활에서도 발휘되는 법이다. 성실함을 지지하는 용기, 유혹을 물리치는 용기, 진실을 말할 수 있는 용기, 참된

자신을 관철시킬 용기, 타인의 재력에 의존하지 않고 검소하게 살아가는 용기 등이 그것이다.

평생을 걸고 일에 임한다는 것

우리는 용기 있는 사람들에게 많은 신세를 지고 있다. 여기서 말하는 용기란 몸의 위험을 두려워하지 않는 육체적 용기를 말하는 것이 아니다. 용기란 진리와 의무를 중히 여기기 때문에 온갖 어려움과 괴로움에 스스로 맞서는, 우리 속에 숨겨진 조용한 노력과 인내력을 일컫는 것이다. 이러한 용기는 훈장이나 작위, 혹은 피에 한껏 잠겨 있던 월계관으로 보답 받는 용맹하고 과감한 행동보다 더 영웅적인 용기인 것이다.

인간사회에서 최고의 질서를 특징짓는 것은 진리를 탐구하고 그것을 발표하는 용기, 공평한 판단을 내리는 용기, 성실하려고 하는 용기, 유혹을 뿌리치는 용기, 의무를 다하려는 용기 등으로 대표되는 정신적인 용기다. 무엇보다도 먼저 이런 용기를 갖추지 않으면 다른 미덕을 몸에 익힐 수 없다.

자신의 신념을 관철시키는 용기

우리에게 우주나 지구 그리고 자기 자신에 대한 것을 더욱 자세하게 가르쳐주는 지식은 모두 과거의 위대한 사람들의 활력과 헌신, 자기희생과 용기에 의해서 세상에 널리 알려지게 된 것들이다.

어떤 반대와 비난에도 굴하지 않았던 그들에게는 인간사회에 공헌한 사람들 중에서도 가장 명예로운 지위를 받을 만한 자격이 있다.

지난 날 과학자에게로 향했던 불공평하고 좁은 사고는 현대에도 통용되는 교훈을 포함하고 있다. 즉, 끈질긴 관찰과 진지한 사고를 통해 얻어낸 확신을 자유롭고 정직하게 발표하는 것이라면, 비록 자신과 생각이 다른 사람이라 할지라도 관대한 마음을 가져야 한다는 사실을 가르쳐주고 있는 것이다.

"세계는 신이 인간에게 보낸 편지다."라고 플라톤이 말했다.

그 속에 함축되어 있는 참된 의미를 이끌어내기 위해서 그 편지를 읽고 연구하는 것은 신의 힘을 보다 깊이 알고, 신의 지혜를 보다 확실하게 인식하고, 신의 선에 보다 깊은 감사를 바치는 데 무엇보다도 효과적이다.

자신의 신념을 관철시키고, 어려움과 위험과 괴로움이 앞길을 막는다 할지라도 정의를 지키고, 강한 용기로 끝까지 도덕논쟁을 펼치고, 진실을 사랑한다는 신념을 배신하기보다는 기꺼이 죽음을 선택한 사람들의 예를 전부 들려면 제 아무리 시간이 있어도 부족할 것이다.

숭고한 의무의 정신에 의해 힘을 얻은 그들은 지난 날 가장 영웅적인 모습을 보였으며 지금도 역사를 통해서 수많은 숭고한 장면을 우리 눈앞에 펼쳐 보인다.

거짓이 아닌 '자신의 신념'에 목숨을 건다

토머스 모어의 행동도 용기에 넘쳐나 있었다. 그는 매우 열렬한 가톨릭 신자였기 때문에 헨리 8세의 이혼에 반대하다 처형을 당했다. 그는 기꺼이 처형대에 올라섰다. 양심을 거스르기보다는 차라리 죽음을 선택했다는 사실에 만족감을 느꼈다.

수많은 위대한 인물은 곤란이나 위기에 처했을 때 아내가 위로가 되어주고 정신적인 버팀목이 되어주었지만 모어에게는 그것이 없었다. 그를 격려했어야 할 아내는 런던탑에 갇혀 있는 남편을 그저 방문했을 뿐이었다.

그녀는, 헨리 8세의 이혼을 인정하기만 하면 바로 자유의 몸이 되어 조용한 서재와 과수원이 있는 첼시의 편안한 자택에서 가족과 함께 생활할 수 있을 텐데 왜 언제까지고 갇혀 있기만 하는 것인지 남편의 마음을 도저히 이해할 수가 없었다.

어느 날 그녀가 남편에게 말했다.

"지금까지는 언제나 현명하게 잘 대처해왔으면서 이번에는 왜 이런 눅눅하고 좁아터진 감옥에 쥐와 함께 갇혀버리는 바보 같은 짓을 한 건지 이해할 수가 없어요. 다른 사제들처럼 하기만 하면 바로 자유의 몸이 될 수 있을 텐데."

하지만 모어는 자신의 의무를 다른 관점에서 보고 있었다. 자신의 개인적인 만족을 위해서가 아니었다. 아내의 말도 아무런 효과도 거두지 못했다.

"이곳에서의 생활도 그리 나쁘지만은 않아."

아내의 말을 두루뭉실하게 받아넘긴 모어는 아주 즐겁다는 듯이 이렇게 말했다. 그 말을 들은 아내가 내뱉듯이 "정말 바로로군!"이라고 말했다고 한다.

모어의 딸 마가렛 로퍼는 어머니와 달리 무슨 일이 있어도 신념을 관철시키라고 아버지를 격려했으며 진심으로 그를 위로하고 용기를 심어주었다. 펜과 잉크까지도 전부 압수당한 모어는 숯 조각으로 딸에게 편지를 썼다.

그 중에 '아버지를 생각하는 다정한 네 편지가 내게 얼마나 큰 위로가 되는지 펜 대신으로 쓰고 있는 숯이 산더미처럼 쌓여 있다고 해도 그 심정을 다 적지는 못할 것이다.' 라는 구절이 있다.

모어는 진실을 위해서 목숨을 바친 순직자였다. 그는 거짓된 맹세를 하지 않고 순수했기 때문에 처참한 죽음을 강요받게 되었다. 단두대의 이슬로 사라진 그의 목은 당시의 야만스러운 습관에 따라 런던 다리에 내걸리게 되었다.

마가렛 로퍼는 용감하게도 아버지의 목을 장대에서 내려 자신에게 넘겨달라고 탄원했다. 아버지에 대한 애정은 사후의 세계에까지 이르러, 자신이 죽으면 아버지의 목도 함께 묻어 주기를 바랐다. 그 후, 상당한 시간이 흘러 그녀의 무덤을 열어봤는데 가슴이었을 것으로 추정되는 부분에 그 귀중한 유물이 놓여 있는 것이 발견되었다고 한다.

안이함에 빠지지 말고, 주위의 흐름에 휘둘리지 말라

성공은 노력에 대한 당연한 보수인데 성공 가능성이 조금도 없지만 그래도 끈기 있게 꾸준히 노력해야 하는 경우도 많은 법이다.

앞날에 대한 가능성이 전혀 없는 어둠 속에서 씨앗을 뿌리고, 그것이 싹을 틔우고 뿌리를 내려 멋진 열매가 맺히기를 꿈꾸며 자신의 용기에만 의지하여 살아가야만 한다.

훌륭한 주의, 주장은 헤아릴 수도 없이 많은 실패를 거듭하고, 요새를 무너뜨리려던 반대론자들의 시체를 넘어, 승리로 가는 길을 쟁취해야만 했다. 그들이 보여준 영웅적인 행위는 결과 그 자체가 아니라 어떤 반대와 맞서 싸웠는지와 그 싸움을 가능케 했던 용기에 의해 평가되어야 한다.

승산이 없는 전투에 도전하는 애국자, 승전고를 울리는 적진 한가운데서 죽어가는 순교자, 오랜 방랑의 괴로움을 몇 년 동안이나 맛보면서도 조금도 굽히지 않았던 콜럼버스와 같은 탐험가 등은 흠잡을 데 없이 멋진 성공보다도 더욱 강렬하게 우리의 가슴을 울리는 뛰어난 정신적인 용기의 본보기라고 할 수 있다.

살아가는 데 필요한 용기의 대부분은 영웅적인 용기가 아니다. 역사에 남을 만한 용기에 버금가는 용기는 일상생활에서도 발휘되는 법이다.

예를 들자면 성실함을 지지하는 용기, 유혹을 물리치는 용기, 진실을 말할 수 있는 용기, 참된 자신을 관철시킬 용기, 부당하게 타인의 재력에 의존하지 않고 자신의 수입만으로 검소하게 살아가는 용기 등이 있다.

결단력과 용기는 일심동체

이 세상에 존재하는 대부분의 불행과 악은 우유부단하거나 목적의식이 희박하기 때문에 생겨나는 것이다. 다시 말하자면 용기가 없기 때문이다.

사람들은 모두 무엇이 옳은지 잘 알고 있다. 하지만 옳은 행동을 할 용기가 부족한 경우가 많다. 자신이 수행해야 할 의무를 잘 알고 있으면서도 그것을 실행에 옮기는 데 없어서는 안 될 결단력을 발휘하려 들지 않는다.

의지가 약하고 신념이 없는 사람은 온갖 유혹에 따라 움직인다. 'NO'라는 한마디 말을 하지 못해 유혹에 져버린다. 사귀고 있는 친구가 악하면 악의 본보기에 자극을 받아 아주 간단하게 악의 길에 발을 들여놓는다.

인격은 자신의 활력에 넘친 행동에 의해서만 지탱되고 강해진다. 인격을 형성하는 가장 강한 힘인 의지는 결단을 내리는 습관이 들 때까지 단련해야 한다. 그렇게 하지 않으면 악에 대항하기는커녕 선을 따르는 일조차도 불가능해진다.

결단력은 자신의 입장을 고수하는 힘이 되어준다. 만약 조금이라도 굴한다면, 파멸로 떨어져버리는 언덕으로 발을 내딛는 결과를 낳고 말 것이다.

결단을 내리는 데 타인의 힘을 빌린다면 그것은 무의미라는 말로도 표현할 수 없는 한심하기 비할 데 없는 것이다. 긴박한 때에 자신의 힘을 믿고, 용기를 가지고 일에 부딪치는 습관을 들여야만 한다. 『플루타르코스 영웅전』에 다음과 같은 이야기가 나온다.

한창 전쟁 중이었음에도 불구하고 마케도니아의 왕은 헤라클레스에게 산제물을 바치겠다며 옆 마을로 퇴각했다. 그가 신의 가호를 빌고 있던 바로 그 순간, 적인 에미리우스는 승리를 목표로 검을 손에 쥐어 그 전쟁에서 승리를 거뒀다. 이와 같은 일은 나날의 생활에서도 반복되고 있다.

결단을 내려라, 거기서 행동이 태어난다

멋지게 세웠지만 말에만 그쳐버리는 목적, 언제나 다짐만 할 뿐 실행에 옮겨지지 않는 행위, 아무리 시간이 흘러도 손을 댈 수 없는 계획.......이는 전부 아주 조그만 용기에서 나오는 결단을 내리지 못하는 것이 원인이 되어 생기는 것들이다. 말만 하고 아무것도 하지 않을 바에는 입을 다물고 있는 편이 훨씬 더 낫다.

일상생활에서나 일을 할 때도 이야기를 나누기보다는 신속하게 행동하는 편이 더 바람직하다. 행동이 가장 중요한 것이다.

"꼭 해야만 하는 중요한 일에 직면했을 때, 사태가 아주 긴박해서 급히 손을 써야할 필요가 있는데 결심을 하지 못해서 우유부단한 태도를 취하는 것만큼 한심한 일도 없다. 새로운 생활을 시작하겠다고 늘 생각하면서도 실제로는 좀처럼 시작하려 들지 않는다. 이는 사람이 먹고 마시고 자는 일을 하루하루 연기하여 결국에는 굶어죽는 것과 같은 일이다."라고 어떤 사람도 말했다.

다음으로, 소위 말하는 사회의 부패한 힘에 맞서기 위해서는 상당한 도덕적 용기가 필요하다. 특히 여성은 자신이 소속해 있는 계급이나 사회 속에서 도덕적으로 속박된 노예라고 할 수 있을 것이다. 서로의 인격에 대해서 무의식중에 하나의 기준과 같은 것을 품고 있는 것이다. 각각의 집단이나 계층, 지위나 계급에는 독자적인 관습이나 사고방식이라는 것이 있는데 따돌림을 당하지 않으려면 그것에 따라야만 한다. 그 결과 어떤 자는 유행의, 어떤 자는 관습의, 또 어떤 자는 사고방식의 좁은 껍데기 속에 갇혀버리게 된다.

자신이 소속되어 있는 사회 이외의 것을 생각하거나, 남들과 다른 행동을 취하거나, 개성적인 시선이나 행동이 인정받는 자유로운 공기에 접하려고 하는 자는 거의 없다. 비참한 파멸을 부를 위험에 빠지게 될지도 모르는데 우리는 아무런 생각도 없이 주위 사람들과 같은 것을 먹고, 같은 옷을 입고, 같은 유행을 따르는 것이다.

자기만의 방식을 따르기보다는 자신을 지배하고 있는 미신적인 사고에 맹종하는 것이다.

우리는 굽실굽실 머리를 숙이는 인도인 같은 사람을 무시하기 쉽지만 우리의 사회에도 비뚤어진 풍습이 있으며, 그랜디 부인은 세상 어디에서나 살고 있는 법이다. 우선 그 점을 반성해볼 필요가 있을 것이다.

도덕적인 비열함은 사생활이나 공적인 생활 모두에서 똑같이 찾아볼 수 있다. 부자에게 아부하는 것만을 속물주의라고 볼 수는 없다. 때로는 가난한 자들의 마음을 사로잡으려 하는 경우도 흔히 볼 수 있다.

예전에는 자신보다 지위가 높은 사람에게 너무 노골적으로 사실을 말하지 않는 것이 아첨이었다. 지금은 오히려 자신보다 지위가 낮은 사람에게 그렇게 하는 경우가 많다. 지금은 '일반대중'이 정치의 실권을 쥔 세상이기 때문에 대중에게 아부하고 달콤한 말로만 말을 거는 경향이 강해졌다.

미덕에 넘쳐난다는 말을 듣고 있지만 실제로 그런 것은 하나도 가지고 있지 않다는 사실을 대중 자신이 더 잘 알고 있는 것이다. 자신에게 불리한 진실은 숨겨버리기 때문에 공개적으로는 유익하고 온건한 발언만 한다. 대중의 인기를 얻고 싶다는 일념으로 그럴 듯하지만 실현 불가능한 의견을 말하는 경우가 많아지는 것이다.

지금 더욱 필요한 '흐름에 역행하여 헤엄치는 힘과 용기'

지금 시대에 필요한 것은 사회적 지위가 있는 교양인의 지지뿐만이 아니다. 가난한 사람들의 마음도 사로잡지 않으면 안 된다. 선거에서는 가능한 한 많은 표가 필요하기 때문이다.

사회적 지위가 높은 사람이나 돈이 많은 사람, 교양이 있는 사람들도 무지하고 힘이 없는 사람들 앞에서는 표를 얻기 위해서 몸을 굽히고 머리를 숙여 보이는 것이다. 인기를 잃지 않기 위해서 언제 신념을 버리고 부정을 저지를지 모를 무리들인 것이다.

 남자답게 의연한 태도를 취해 도량이 크다는 사실을 보이기보다는 비굴하게 아첨을 떠는 것이 훨씬 더 간단하며, 편견에 맞서기보다는 굴하는 편이 훨씬 더 쉽다고 생각하는 사람이 실제로 존재하는 것이다. 흐름에 역행하여 헤엄을 치기 위해서는 힘과 용기가 필요하다. 그 어느 것도 가지고 있지 못한 물고기는 말라비틀어질 뿐이다.

 세상의 인기를 바라는 이와 같은 노예근성이 지난 몇 년간 급속하게 퍼져 결과적으로 정치가의 질을 현저하게 저하시켜버렸다.

 즉, 양심이 예전보다 훨씬 더 느슨해진 것이다. 지금은 의회용과 강연회용 두 개의 양심을 갖고 있는 형편이다.

 일상생활에서는 혐오의 대상이 되고 있지만, 대중에 영합하기 위한 편견은 공공연하게 오가고 있다. 지금은 위선적인 행위조차도 그리 불명예스러운 것이라고는 생각지 않게 된 듯하다. 하지만 어차피 이해관계가 있는 사람의 의견과 입을 맞춘 듯이 일치하는 속이 훤히 들여다보이는 거짓 대화는 그 자리에서만 오고가는 것에 불과한 것이다.

 이와 같은 도덕적 비열함은 위를 향해서 퍼져감과 동시에 밑으로도 영향을 준다. 작용과 반작용은 언제나 똑같이 작용한다. 위를 향한 위선행위와 기회주의는 밑에 대해서도 똑같이 작용하는 법이다.

높은 지위에 있는 사람에게 자신의 의견을 관철시킬 용기가 없는 자가 지위가 낮은 사람에게 무엇을 기대한단 말인가? 그들은 눈앞에 있는 본보기를 따라할 뿐이다. 그들도 거짓과 속임수로 책임을 회피하고, 지위 높은 사람과 마찬가지로 언행이 일치하지 않아도 아무렇지도 않다는 듯한 얼굴을 하게 될 것이다.

자신의 행동을 숨기기 위해 봉인을 한 상자나 사람들의 눈에 띄지 않는 은밀한 장소를 제공해보기 바란다. 그들은 그 속에서나 간신히 '자유'를 구가할 것이다.

뜨겁게 달구어졌을 때 두드리지 않은 철의 최후

오늘날 일컬어지고 있는 인기란, 반드시 그 사람을 좋아해서 생기는 것만이 아니다. 반대하기 때문에 생겨나는 경우도 상당히 많다.

'등이 꼿꼿한 사람은 영광의 좌에 앉을 수 없다.'는 러시아 격언이 있다. 인기를 끌어 모으기에 여념이 없는 사람의 등뼈는 마치 연골과 같아서 대중의 박수갈채를 얻기 위해서라면 어느 쪽으로나 깊이 허리를 숙인다.

대중에 아첨하고, 진리를 숨기고, 대중의 인기를 얻을 만한 말을 하고 글을 쓰고, 심지어는 사람들의 계급의식에 악착스럽게 호소하며, 상류계급에 대한 증오심을 부추겨 얻은 인기는, 성실한 사람의 눈에는 경멸스럽고 천박한 것으로 비칠 것임에 틀림없다.

벤담은 한 유명한 정치가에 대해서 다음과 같이 말했다.

"통속적인 인기란 원래 그다지 가치 있는 것이 아니다. 전력을 다해서 주어진 의무를 수행하고, 자기의 양심에 충실하면 참된 의미에서의 차원 높은 인기가 자연스럽게 따라올 것이다."

사람이 독자적이고 활력이 넘치는 상태를 유지하기 위해서는 지성을 동반한 대담함도 가지고 있어야 한다. 우리는 자신의 뜻을 관철시킬 수 있는 용기를 가지고 있어야 한다. 타인의 그림자나 메아리가 되어서는 안 된다. 자신의 힘을 시험하고, 자신의 머리로 생각하고, 자신의 의견을 발표해야 한다. 자기 스스로 생각하고 자신만의 신념을 쌓아가야 한다.

옛날부터 굳이 자신의 의견을 정리하려 들지 않는 자는 비겁한 사람, 해야겠다고 마음만 먹으면 할 수 있음에도 불구하고 그렇게 하지 않는 자는 게으름뱅이, 자신의 의견이 하나도 없는 자는 어리석은 사람이라 불려왔다.

장래가 촉망되던 사람의 대부분이 도중에 좌절하여 친구의 기대를 저버리게 되는 것도 바로 이 지성을 동반한 대담함이 부족하기 때문이다. 용감하게 행동하기는 하지만 한 걸음 내디딜 때마다 용기가 밖으로 새어나가 버린다. 결단력과 용기와 인내력이 부족하기 때문이다. 앞날의 위험을 계산하고 기회를 가늠하고 있는 동안 두 번 다시 찾아오지 않을 소중한 기회를 놓쳐버리고 마는 것이다.

용기를 만드는 데 필요한 조건

사람은 진실을 사랑하기 때문에 그것을 정직하게 발표해야만 한다.

"내가 진실을 말하지 못하는 것을 괴로워하기보다는 내가 진실을 말한 것을 괴로워하는 편이 더 나았다."라고 정치가 존 핌은 말했다. 공평하게 숙고를 거듭한 끝에 자신의 신념이 모습을 갖추게 됐다면 그것을 행동으로 옮기는 데 필요한 모든 정당한 수단의 사용을 허락 받게 되는 것이다.

무슨 일이 있어도 자신의 의견을 발표하여 상대방과 대립되는 입장을 취해야만 하는 경우가 있다. 동조하는 것이 의지의 나약함을 나타내는 것이 아니라 오히려 죄가 되는 경우가 그렇다. 악덕에는 저항해야 한다. 사악한 것에 굴해 울분을 삼키지 말고 그것을 쓰러뜨려야 한다.

당연한 말이지만 성실한 사람은 기만을, 정직한 사람은 거짓을, 정의를 사랑하는 사람은 억압을, 마음이 깨끗한 사람은 악이나 부정을 받아들이지 못한다. 자신과 반대되는 것과 싸워 가능한 한 승리를 거둬야 한다. 이와 같은 사람은 어느 시대에나 도덕적인 힘을 갖춘 인물로 인정받고 있다.

박애정신에 의해 분발하고, 용기로부터 힘을 얻은 사람이야말로 사회의 진보와 개혁을 추진한 커다란 버팀목이 되어주었다. 그들이 끊임없이 사회의 악에 도전해오지 않았다면 세계는 이기주의와 악의 왕국에 그 주권을 거의 양도했을 것이다.

올곧은 정신을 지닌 '정력적인 사람'

세계를 올바른 방향으로 리드하고 지배하는 것은 굳은 지조와 용기를 가진 사람이다. 의지가 약한 사람은 아무런 공적도 남기지 못한다. 올곧은 정신을 지닌 정력적인 사람의 일생은 세계를 밝히는 빛의 궤적과도 비슷하다.

그가 보여준 삶은 사람들의 뇌리에 각인되어 영원히 우리에게 호소한다. 그의 사상과 정신 그리고 용기는 세대에서 세대로 이어져 사람들을 감동시킬 것이다.

열광적인 기적을 만들어낸 것은 언제나 활력이었으며, 의지를 관철시킴에 있어서 그것은 가장 중요한 것이다. 활력은 인격의 힘이라 불리는 것의 근원이자 모든 위대한 행동을 지탱해주는 것이다.

강한 의지를 가진 사람은 화강암처럼 굳은 용기를 앞세워 정의의 길을 개척해간다. 다윗처럼 눈앞에 진을 친 적의 대군에도 겁먹지 않고 용감하게 거인 골리앗에 맞설 것임에 틀림없다.

반드시 해낼 수 있다고 믿으면 어려움을 극복하게 되는 경우가 많은 법이다. 그 때의 자신감은 타인에게도 자극제가 된다.

시저의 배가 항해 도중에 폭풍우를 만나게 된 적이 있었다. 너무 두려운 나머지 선장은 완전히 겁에 질려 있었다. 그러자 이 위대한 지휘관이 커다란 소리로 이렇게 외쳤다.

"뭘 그렇게 두려워하나? 이 배에는 시저가 타고 있지 않은가?"

늠름한 사람의 용기는 곧 타인에게도 옮아간다. 그의 강인함이 겁 먹은 자들의 마음을 진정시키고 격려하는 것이다. 불굴의 영혼을 가 지고 있으면 그 어떤 반대에 부딪쳐도 결코 좌절하거나 물러서지 않 는다.

철학자 안티스테네스의 제자가 되어야겠다고 결심한 디오게네스는 그를 찾아가 "당신을 위해 일생을 바치고 싶습니다."라고 말했다. 하 지만 단번에 거절당하고 말았다. 디오게네스가 더욱 집요하게 매달리 자 안티스테네스는 옹이진 지팡이를 들어 올리며 돌아가지 않으면 이 지팡이로 내리치겠다고 협박했다.

"마음껏 내리치십시오. 제 끈기를 때려눕힐 수 있을 정도로 튼튼한 지팡이는 어디에서도 찾아볼 수 없다는 사실을 알게 되실 겁니다."

디오게네스는 당당하게 가슴을 내밀었다. 안티스테네스는 더 이상 할 말이 없어 그를 제자로 받아들였다.

넘치는 활력에 현명함까지 적당히 갖추고 있는 것이 방대한 지식은 있어도 활력이 없는 것보다는 더 훌륭하다. 활력은 실무능력을 낳으 며 힘과 기운을 사람에게 전해준다. 활력은 인격의 살아 있는 원동력 이다. 그리고 만약 활력이 현명함, 냉정함과 하나가 된다면 사람은 인생의 여러 장면에서 자신의 실력을 최대한으로 활용할 수 있을 것 이다.

세상이 부여해준 보증 따위

따라서 남들과 다를 바 없는 힘밖에 가지고 있지 못한 아주 평범한 사람이라 할지라도 활력에 넘친 목적의식에 자극을 받으면 전혀 뜻밖의 결과를 낳을 수도 있는 법이다.

세계에 강한 영향을 준 사람들의 대부분은, 특별히 천재적인 능력을 가지고 있었던 것이 아니라 넘쳐나는 활력과 강한 결의에 자극을 받아 묵묵히 일에 정진한 것이다. 마호메트, 루터, 칼뱅 등이 좋은 예다.

활력과 인내력을 동반한 용기가 있으면 어떤 장애도 극복할 수 있다. 용기는 노력하는 힘을 부여하며 도망치는 것을 용납하지 않는다.

인내력을 올바로 사용하면 시간의 흐름과 함께 더욱 강해진다. 신분은 비천할지라도 언제나 끈기를 잊지 않으면 어떤 형태로든 반드시 보답 받게 되는 법이다. 타인의 도움을 얻는다는 것은 아무런 의미도 없는 행동이다. 의지하고 있던 후원자가 죽었을 때 미켈란젤로는 이렇게 말했다.

"세상이 부여해준 보증 같은 것, 그 대부분은 덧없는 한때의 꿈에 지나지 않는다. 자신의 힘을 믿고 가치 있는 인간이 되는 것이 가장 안전한 길이라는 사실을 이제 나도 알 것 같다."

용감한 사람일수록 섬세한 마음을 가지고 있다

용기와 부드러움은 모순되는 것이 아니다. 용기 있는 행동을 하는 사람은 남자라 할지라도 여자에게 지지 않을 정도의 부드러움과 섬세한 마음을 함께 가지고 있는 법이다. 용기 있는 사람은 동시에 관대한 사람이 될 수도 있다. 아니, 자연스럽게 그렇게 되어버린다.

네이즈비의 전투에서 왕당파 장군이었던 페어팩스는 적의 기수에게서 빼앗은 군기를 정중하게 다루라고 말하며 부하에게 건네주었다. 깃발을 받아든 병사는 끝내 유혹을 이기지 못하고 이것은 자신이 빼앗은 것이라고 동료들에게 자랑을 했다. 그 이야기가 장군의 귀에 들어가자 "그의 말대로 그의 공으로 돌리게나. 내게는 그 외에도 수많은 공이 있으니."라고 말했다고 한다.

프랑스에 한 기술자의 자기희생 정신에 관한 일화가 있다.

파리 시내에 건축 중이던 높은 건물이 있었다. 높은 곳에서의 작업을 위해 만들어진 발판에는 기술자들과 대량의 건축자재들이 놓여 있었다. 안 그래도 튼튼하지 못하던 발판이 무게를 견디지 못하고 소리를 내며 무너져 내렸다. 그 위에 있던 기술자 두 명을 제외하고는 모두 까마득한 밑으로 떨어져 내렸다.

남은 두 사람은 젊은 기술자와 중년의 기술자였다. 두 사람이 간신히 매달려 있는 좁다란 판자는 그들의 무게 때문에 곧 부러져버릴 것 같았다. 나이 든 기술자가 외쳤다.

"부탁일세, 손을 놔주게. 내게는 아내와 아이가 있어."

그러자 젊은 기술자는 "알겠습니다. 당신 말이 옳아요!"라며 손을 놓아 지면에 그대로 떨어져 죽고 말았다. 일가의 가장은 이렇게 해서 무사히 목숨을 건질 수 있었다.

용감한 사람은 다정함뿐만 아니라 관대함도 함께 가지고 있다. 비록 적이라 할지라도 상대방이 불리한 입장에 처해 있으면 그를 습격하지 않고, 방어하는 기술을 모르는 상대방에게는 더 이상 공격을 가하지 않는다. 목숨을 내건 싸움에서도 이와 같은 관대함은 흔히 찾아볼 수 있다.

비텐베르크를 함락시킨 샤를 5세에 대한 다음과 같은 얘기가 전해온다.

루터의 무덤을 찾아온 왕이 묘비명을 읽고 있자 함께 따라온 아첨 잘하는 부하가 관 뚜껑을 열고 '이단자'의 유골을 바람에 날려버리자고 제안했다. 이 말을 들은 샤를 5세는 얼굴이 벌겋게 달아오를 정도로 화를 내며, "나는 죽은 자에게 채찍을 가할 마음은 없다. 무덤을 더럽히다니, 있을 수 없는 일이다."라며 부하를 나무랐다고 한다.

실력보다 더 확실한 '보증수표'는 없다

위대한 무신론자인 아리스토텔레스가 묘사한 도량이 큰 인간은, 다시 말하자면 참된 신사의 이상적인 모습이라고도 말할 수 있는데 이는 오늘날에도 그대로 적용된다.

"도량이 큰 인간은 행운이 찾아와도, 불운이 찾아와도 극단적인 행동은 취하지 않는 법이다. 성공했다고 해서 우쭐대지도 않고, 실패했다고 해서 다시는 일어설 수 없을 정도로 비탄에 잠기지도 않는다.

위험을 피하지는 않지만 그렇다고 해서 일부러 추구하지도 않는다. 마음에 걸리는 일이 없기 때문이다. 말수도 적고 말도 천천히 하지만 필요하다고 생각되면 자신의 뜻을 숨김없이 대담하게 발표한다. 자신의 실력을 믿고 있기 때문에 타인의 장점을 바로 인정한다. 모욕을 받아도 무시한다. 자신과 타인에 대해서 이러쿵저러쿵 말하지 않는다. 자신이 칭찬 받거나 타인이 상처 받는 것을 좋아하지 않기 때문이다. 하찮은 일로 떠들어대지도 않으며 타인에게 도움을 구하지도 않는다."

반대로 마음이 좁은 사람은 타인을 칭찬하는 데 인색하다. 절도라는 것을 모르며, 시원시원한 맛도 없고, 관대함도 가지고 있지 않다. 약자나 무방비 상태에 있는 자는 언제라도 짓밟는다.

특히 부정한 수단으로 높은 지위에 올랐을 때 그런 행동이 더욱 두드러진다. 상류사회의 속물근성은 가장 커다란 골칫거리다. 인간미가 부족하다는 사실을 보게 되는 경우가 많기 때문이다. 오만한 태도를 취하며, 무슨 일에나 거드름을 피운다. 높은 자리에 오를수록 그 지위에 걸맞지 않는 허점이 더욱 눈에 띄게 된다.

'높은 곳에 오를수록 원숭이 꼬리는 더 잘 보인다.' 라는 속담 그대로다.

비열한 사람은 영혼조차도 뒷골목에서 산다

결국 무슨 일을 하든 중요한 것은 어떤 방법으로 하느냐다. 관대한 기분에서 나온 행동은 친절로 받아들일 수 있지만, 억지로 한 행동은 악의가 담긴 것이라고까지는 말할 수 없어도 치사한 느낌을 받게 한다.

가난한 생활을 하고 있던 벤 존슨이 병으로 쓰러졌을 때 왕은 온갖 위로의 말을 담은 편지와 함께 위로금을 보냈다. 불굴의 정신을 가지고 있던 시인은 자신의 생각을 있는 그대로 말했다.

"내가 뒷골목에서 산다고 이런 것을 보낸 것이겠지? 뒷골목에서 살기에 적합한 것은 왕의 영혼이라고 전해주게나."

지금까지 말한 바와 같이 인내심 강한 용기를 갖는다는 것은 인격형성에 있어서 커다란 의미가 있는 것이다. 그것은 생활에 도움이 될 뿐만 아니라 행복의 근원이 되기도 한다. 겁쟁이 이거나 비겁하다는 것은 최대의 불행이다.

아이를 교육하는 데 있어서 현명한 사람이 가장 중점을 두는 것은 두려움을 모르는 습관을 들이는 것이라고 한다. 두려움을 모르는 습관은 근면함이나 용의주도함, 노력 등의 습관과 마찬가지로 훈련에 따라서 습득할 수 있는 것이다.

우리 주위에 존재하는 공포의 대부분은 공상의 산물이다. 그다지 가능성도 없는데 일어날지도 모른다는 불길한 예감에 빠지게 한다. 따라서 참된 위험에 맞서 극복할 만한 용기를 발휘하는 사람을 보면 공상의 공포에 떠는 사람들은 깜짝 놀라지 않을 수 없는 것이다.

공상을 할 때도 아주 조심해서 하지 않으면 바로 재난에 부딪치게 되는 경우가 많다. 쓸데없이 제 멋대로 만들어낸 걱정의 씨앗 때문에 하지 않아도 될 수고를 하게 되는 꼴을 당하고 말 것이다.

'인생이라는 밭'에 어떤 씨앗을 뿌릴 것인가?

인생이라는 학교에서 경험을 쌓은 학생은 어느 정도의 것을 얻었을까? 경험을 쌓아 어떤 이익을 얻었을까?

정신을 단련하여 무엇을 손에 넣었을까? 지식과 용기와 자기억제력은 늘었을까? 유복한 생활 속에서도 성실함을 잃지 않고 자신을 억제하여 절도 있는 생활을 했을까? 아니면 타인의 기분을 무시하고 이기적인 일생을 보냈을까?

시련과 역경을 통해서 무엇을 배웠을까? 그저 안절부절못하고 까다롭게 불평만을 해대며 살아왔을까?

자신을 '해방'시키지 않으면 발은 앞으로 나가지 않는다!

경험을 통해서 얻은 것은 일상생활 속에서 어떤 형태로든 나타나기 마련이다. 생활은 곧 시간이다. 경험이 풍부한 사람은 시간을 좋은 협력자로 삼아 그것에 의지하는 법을 알고 있다.

'시간과 내가 하나가 되면 무서울 것이 없다.'

이것은 영화의 극치를 누렸던 루이 14세 때 재상으로 있었던 마자랭의 금언이다.

시간은 과거에 일어났던 일을 미화시키며, 사람의 마음을 위로해주는 것이라고 알려져 왔는데 그와 동시에 시간은 교사이기도 하다. 시간은 경험을 기르며, 지식을 키운다. 시간은 젊은이의 벗이 되지만 적이 되기도 한다. 시간을 잘 활용했는가, 낭비해버렸는가에 따라서 노후의 명암이 갈리기 때문이다.

새로운 세계는 젊은이에게 신선한 기쁨과 즐거움에 넘치는 빛을 보여준다. 하지만 시간이 지남에 따라서 우리는 그것이 기쁨이 아닌 슬픔의 세계라는 사실을 알게 된다.

인생의 길을 걸어감에 따라서 괴로움·슬픔·고뇌·불행·실패 등의 어두운 정경이 길 앞에 나타난다. 맑은 마음과 굳은 결의로 이것들을 헤쳐 나가고, 시련에 밝게 맞서며, 어떤 무거운 짐이 지워져도 똑바로 서 있을 수 있는 사람은 누구보다도 행복한 사람이다.

실제로 도움이 되는 지식은 경험이라는 학교를 통해서 익힐 수 있다. 값진 교훈이나 법칙에도 나름대로의 가치는 있지만 실생활에서 단련 받지 못하면 그것은 단지 책상 위의 이론으로 끝나버리고 만다.

독서와 강연에 귀를 기울여야만 할 뿐만 아니라 많은 사람들과도 접촉해야 인격이 참된 것으로 성장한다. 그러기 위해서는 엄격한 현실에 직면하지 않을 수 없다.

그리고 사회에 공헌하는 가치 있는 인간이 되기 위해서는 이 땅에 확실하게 발을 붙이고 일에 열중해야 하며, 유혹이나 시련과 싸우고, 일상생활에서 만나는 여러 가지 슬픔을 견디지 않으면 안 된다.

세상을 향한 문을 닫아버린 덕은 그다지 유익하지 못하다. 고독한 생활을 즐긴다 하더라도 그 기쁨은 어차피 자기만족에 지나지 않는다. 혼자 조용히 살아간다는 것은 타인을 경멸하기 때문이라고도 해석할 수 있으며, 그것 이상으로 그 사람이 비겁한 게으름뱅이나 이기적인 사람이라는 사실을 증명하는 것이라고 할 수 있다.

사람에게는 각각 주어진 일과 의무가 있는데 이 두 가지는 자신을 위해서도, 자신이 소속되어 있는 사회를 위해서도 회피해서는 안 된다.

실제적인 지식을 익히고 여러 가지 지혜를 배우려면 사회의 일원으로서 실생활에 녹아들어가는 방법밖에 없다. 사회의 거친 파도에 시달려야만 우리는 비로소 자신이 해야만 하는 일을 알게 되고, 일의 엄격함을 알게 되고, 인내력·근성 그리고 근면함을 기르고, 인격을 연마할 수 있게 되는 것이다.

사회와 접촉한다는 것은 측량할 수 없는 괴로움을 견디는 훈련을 강요받아야 한다는 것이기는 하지만, 세상을 멀리한 채 홀로 은둔생활을 하는 것보다는 훨씬 더 많은 것을 배울 수 있다.

can보다 can't 로 자신의 실력을 측정한다

타인과의 접촉은 자기 자신을 알기 위한 필요조건이기도 하다. 많은 사람들과 자유롭게 교제를 해야만 사람은 자신의 능력을 정당하게 평가할 수 있다. 그렇지 않으면 자만심이 강해져 하늘 높은 줄 모르는 오만한 사람이 되어버린다. 설사 그렇게까지는 되지 않는다 하더라도 그 사람은 타인과 교제를 하지 않았기 때문에 평생 자신의 참된 모습을 알 수 없을 것이다.

『걸리버 여행기』의 저자인 스위프트는 이렇게 말했다.

"자신의 힘을 알고 있는 자는 잘못된 인간상을 결코 자신에게 대입시키지 않지만 자신의 힘을 모르는 자는 허구의 자신을 만들어내는 법이다."

이처럼 사회 일원으로서 무엇인가를 해야겠다고 마음먹은 사람은 자신을 정확하게 인식할 필요가 있다. 이는 확고한 자신의 신념을 확립하는 첫 토대가 되기도 한다. 어떤 사람은 친구에게 "자신이 무엇을 할 수 있는지 알고 있지만, 무엇을 할 수 없는지를 알지 못한다면 큰 뜻을 이룰 수는 없으며, 마음의 평화도 얻을 수 없다네."라고 말했다.

경험을 쌓아 무엇인가를 얻은 사람은 결코 헛되이 남에게 도움을 청하거나 하지 않는다. 자신이 타인에게서 배워야 하는 입장에 있다는 사실을 잘 알고 있기 때문에 분수에 맞지 않는 엉뚱한 짓을 해야겠다고는 생각지 않는다.

우리는 자신을 소중히 여겨야 할 뿐만 아니라 사회를 향해서도 마음을 열어야 한다. 그리고 자신보다 현명하고 경험이 풍부한 사람에게 배우는 것을 부끄럽게 여겨서는 안 된다.

경험을 쌓아 인간적으로 성장한 사람은 눈에 보이는 것을 전부 올바르게 판단하고 일상생활의 과제도 파악하려 힘쓴다.

우리가 상식이라 부르는 것은 대부분 아주 흔한 경험을 사려와 분별력을 가지고 처리한 결과 생겨난 것에 지나지 않는다. 상식을 익히는 데 인내력과 정확함, 주의력을 제외한 특별한 재능은 필요하지 않다.

실제로 만나보면 이해심이 많다고 생각되는 사람들이 있는데 그들은 사회에서 일을 하고 있는 사람들이 대부분이다. 그들은 자신의 눈으로 직접 보고 배운 지식을 바탕으로 이야기를 한다. 거미줄처럼 복잡한 이상을 내거는 사람들과는 다르다.

젊은 정열의 땅에 여러 가지 씨앗을 뿌려두어라

젊은이의 가슴에 깃드는 조그만 정열은 삶의 자극이 되기 때문에 활력에 넘치는 원동력이 되어 젊은이에게 도움을 준다. 정열은 제 아무리 뜨겁게 타오른다 할지라도 경험에 의해 단련되고 억제되면서 시간의 흐름과 함께 점점 식어가는 법이다. 따라서 그것 때문에 사람들의 조소를 받았다고 기운을 잃거나 포기하지 않고 더욱 용기를 내면 그것은 그 사람이 건전한 장래성 있는 성격을 가진 사람이라는 증거가 된다.

에고이즘은 편협하고 이기적인 성격을 나타내는 것이지만, 위와 같은 성격은 몰아적(沒我的)이고 용감한 성격을 나타내는 것이다. 에고이즘과 지나친 자신감에 빠져 인생의 출발점에 서게 된다면 용기 있는 관대한 성격은 결코 기를 수 없을 것이다.

청춘은 인생의 봄이다. 젊고 관용적인 마음에 씨앗을 뿌리지 않으면, 여름이 되어서도 꽃은 피지 않고 가을의 수확도 기대할 수 없게 된다. 이와 같은 인생은 봄이 없는 1년과도 같은 것이다. 정열이 없으면 힘을 시험해볼 기회도 적어지며 열매는 더욱 적어진다. 정열이 있으면 자신감과 희망에 자극을 받아 노동의욕도 솟아나고, 일과 의무의 차가운 세계도 명랑하게 뛰어넘을 수 있을 것이다.

현실에 확고히 발을 붙인 채 '낭만적'으로 살아가자

"사람은 낭만과 현실이 적절하게 섞였을 때 가장 의미 있는 인생을 보낼 수 있다. 낭만, 즉 정열적인 요소에는 품격 높은 행위를 인간에게 재촉하고 그것을 지지하는 에너지로서의 가치가 있다."

이는 용감한 군인 로렌스의 말이다.

그는 평소 젊은이들에게 늘 정열의 불을 잠재우지 말고 그 감정을 소중히 키우며 현명하고 기품 있는 목표를 세우라고 일깨워주었다.

"낭만과 현실이 올바르게 녹아 있으면 현실은 바람직하고 실제적인 목표를 향해서 울퉁불퉁한 길을 걸어갈 것이며, 낭만은 아름다운 꿈과 깊은 신념을 주어 그 길의 피로함을 덜어주려 할 것이다.

그렇기 때문에 이 물질만이 우선시되는 현실 세계에서도 사람은 타인에게 간섭받지 않는 기쁨, 즉 목적에 가까이 다가가면 다가갈수록 밝기를 더해가는 빛을 발견해낼 수 있는 것이다."

요셉 랭커스터는 14세 때 읽은 책에 자극을 받아, 갑자기 서인도제도에 살고 있는 가난한 흑인에게 성경을 읽어주어야겠다고 생각하고 집을 나설 결심을 했다. 그리고 성경과 『천로역정』과 몇 실링의 금을 가지고 정말로 집을 나섰다.

그는 무사히 서인도제도에 도착하기는 했지만 어디서부터 일을 시작해야 할지 참으로 난감하기 짝이 없었다.

곧 실의에 빠져 있던 부모님이 그의 행방을 찾아내 바로 아들을 데리고 왔지만 그의 정열의 불꽃은 그것으로 꺼지지 않았다. 이후 랭커스터는 가난에 몸부림치는 사람들을 교육하는 박애운동에 몰두하게 된다.

후세에 남을 만한 커다란 일을 성취하기 위해서는 정열이 필요하다. 일에 몰두하는 정열이 없으면 차례로 찾아오는 재난과 장애에 짓눌려버릴 것이다. 하지만 정열에 의해 피어오른 용기와 불굴의 정신만 있다면 위험을 만나서도 물러서지 않고 장애도 뛰어넘을 수 있다.

신대륙의 존재를 확신하고 미지의 바다로 나선 콜럼버스의 정열은 참으로 놀랄만한 것이다. 아무리 시간이 흘러도 육지는 보이지 않았으며, 오랫동안의 항해에 실망한 선원들은 모반을 꾸며 배를 다시 돌리지 않으면 바다로 집어던지겠다고 그를 위협했다. 하지만 콜럼버스는 그들의 위협에 굴하지 않고, 희망과 용기를 잃지 않았으며 결국에는 수평선 너머로 위대한 신대륙이 모습을 나타내는 것을 눈으로 확인했던 것이다.

큰 나무는 한 번 찍어 넘어가지 않는다

용감한 사람은 결코 좌절하지 않고 성공할 때까지 몇 번이고 도전한다. 커다란 나무는 처음 일격에는 꿈쩍도 하지 않으며 되풀이해서 열심히 도끼를 휘둘러야만 비로소 쓰러뜨릴 수 있다. 성공한 결과는 우리의 눈에 보이지만 거기에 이르기까지 극복해온 위험과 어려움, 노력에 대해서는 다들 잘 모른다.

한 남자가 부와 행운을 손에 넣은 친구에게 부러움 섞인 말을 건넸다. 그러자 친구가 대답했다.

"자네는 내가 부럽겠지? 그렇다면 내 재산을 아주 헐값에 자네에게 넘기도록 하겠네. 정원으로 나오게. 30보 떨어진 곳에서 자네를 향해서 권총을 20발 쏘겠네. 만약 자네를 죽이지 못한다면 재산은 전부 자네 것이야. 뭐라고? 필요 없다고? 알겠네. 하지만 생각해보게나. 나는 자네가 보고 있는 지금의 이 행복한 상태에 이르기까지 그보다 훨씬 가까운 곳에서 발사된 총알과 같은 위험을 열 번도 더 넘게 경험했다네!"

대담하게 임하면 '적'이 작게 보인다

성공을 거둬 명성을 얻기까지 헤아릴 수 없는 괴로움을 겪게 되는 경우도 있다. 하지만 대담하게 행동하면 실패를 해도 오히려 용기가 솟아나 심기일전, 다시 도전할 수 있게 된다.

정치가인 제임스 그레이엄과 디즈레일리, 두 사람 모두 처음에는 사람들의 비웃음을 사는 연설밖에 하지 못했지만 피나는 노력을 거듭한 끝에 결국에는 성공을 거두었다. 그레이엄은 깊은 실의에 빠져 사람들 앞에서 연설하는 것을 포기하려고까지 했었다.

"그 자리에서 노트를 보고 기억을 정리하여 즉석에서 연설을 해보는 등 온갖 노력을 다 해봤지만 전부 허사였다. 정치가로서의 성공을 기대할 수 없다."고 그는 친구에게 고충을 털어놓았다. 하지만 인내심을 잃지 않았던 그레이엄은 후에 디즈레일리와 함께 의회에서도 가장 박력 있고 감명 깊은 연설을 하는 인물로 알려지게 되었다.

또한 선견지명이 있는 사람은 어떤 일에 실패하면 전혀 다른 방향에서 그 실패를 활용한다.

변호사 교육을 받은 부알로는 처음 변호에 나선 법정에서 욕설과 조소를 받는 실패를 맛보았다. 다음으로 그는 목사가 되려고 했지만 그것도 실패, 결국 그는 방향을 바꿔 시작(詩作)에 몰두했고 마침내 성공을 거뒀다.

몽테스키외와 벤담도 변호사로서는 실격이었지만 두 사람 모두 방향을 전환하여 법률을 조금 더 자신에게 알맞은 방법으로 추구해야겠다고 마음먹었다. 그 결과 벤담은 모든 시대에 적용되는 훌륭한 법이론을 남겼으며, 몽테스키외는 법철학자로서 『법의 정신』이라는 명저를 남겼다.

'가장 중요한 순간'에 서게 되면 인간은 진정으로 강해진다

시각이나 청각과 같은 중요한 감각을 잃는다 해도 인생에 과감하게 도전하는 용감한 사람에게 그것은 치명상을 줄만한 재료가 되지는 않는다.

밀턴은 실명한 뒤에도 쉬지 않고 전진을 계속했다.

아니, 그가 남긴 거의 모든 대작은 그가 가장 괴로웠던 시기, 즉 나이 들어 건강을 잃고, 가난에 허덕이며, 중상과 비난을 받고, 거기에 실명까지 한 시기에 나온 것들이다.

위대한 인물들 중에서도 끊임없이 어려움과 싸우고, 아픔을 겪으면서 일생을 마친 사람들이 있다.

단테는 망명 중의 가난한 생활 속에서 걸작을 남겼다. 그는 반대파들에 의해 고향인 피렌체에서 추방당했으며, 집을 빼앗겼고 결석재판에서 화형을 언도받았다.

친구가 "사죄하고 용서해줄 것을 빌면 피렌체로 돌아올 수 있다."고 가르쳐주자 단테는 단호한 어조로 이렇게 말했다.

"그렇게까지 해서 고향으로 돌아가고 싶은 마음은 없네. 자네나 다른 누군가가 단테의 명예와 명성에 흠이 남지 않을 만한 길을 열어준다면 그때는 단걸음에 달려가겠네. 그런 경우가 아니라면 두 번 다시 피렌체에는 발을 들여놓지 않을 거야."

하지만 적의 추급이 매우 집요했기 때문에 단테는 모습을 감춘 지 20년째 되는 해에 망명지에서 숨을 거두었다. 그가 죽은 뒤에도 적들의 분은 풀리지 않은 듯 그의 작품인 『단일신론(單一神論)』은 로마 교황의 사절의 명령에 의해 볼로냐에서 불태워졌다.

미켈란젤로조차도 그의 재능을 이해하지 못하는 어리석은 귀족과 목사, 온갖 계층의 탐욕스러운 인간들의 질투를 사 거의 평생에 걸쳐서 그들의 박해를 받았다. 교황 바울 4세가 시스티나 성당의 벽화인 『최후의 심판』의 일부에 대해 트집을 잡자 그는 이렇게 반론했다.

"내 그림에 대해 트집을 잡기보다는 세계를 더럽히고 있는 교황 자신의 바르지 못한 행동과 무질서를 고쳐보려고 하는 편이 더 낫지 않을까?"

과학계에도 박해와 고통, 고난과 싸운 순교자들이 있다. 이단의 설을 주장해 박해를 받았던 브루노, 갈릴레오 갈릴레이에 대해서는 말할 필요도 없을 것이다.

또한 적들의 격렬한 분노에 재능을 짓밟혀버린 불행한 과학자들도 있었다. 프랑스의 유명한 천문학자로 예전에는 파리 시장까지도 역임했었던 베일리와 유명한 화학자 라브아지에는 프랑스혁명 중에 단두대의 이슬로 사라져갔다.

라브아지에는 혁명정부로부터 사형판결을 받자 유폐 중에 시작한 실험의 결과를 지켜보고 싶으니 형 집행을 2, 3일 연기해달라고 부탁했다가 거절당하고 즉각 처형을 언도받았다. '공화국에 학자는 필요 없다.'며 재판관 중 한 명이 외쳤다고 한다.

그와 같은 시기, 영국에서는 근대 화학의 아버지 프리스틀리가 자신이 지켜보는 앞에서 집에 방화를 당했고 '학자는 꺼져라!'라는 외침 속에서 연구실이 불에 타 무너져 내리는 것을 지켜보았다. 고국을 버린 프리스틀리는 이국의 땅에 자신의 뼈를 묻었다.

고독은 위대한 영혼의 '자양분'이 된다

반대로 어쩔 수 없이 강요받은 고독한 생활을 활용하여 훌륭한 성과를 거둔 사람들도 많다.

그들에게 있어서 정신의 완성을 이루는 데 고독은 무엇보다도 좋은 조건이었다. 고독한 영혼은 깊은 생각에 잠기고 자신을 되돌아보며, 그 결과 때때로 격렬한 활력이 솟아오르기도 한다. 하지만 고독을 유효하게 사용하느냐 못하느냐는 그 사람의 성품·성격·수양에 좌우되는 경우가 많다. 마음이 넓은 사람은 고독한 채로 있으면 기분이 더욱 맑아지지만 마음이 좁은 사람은 반대로 성품이 거칠어져갈 뿐이다. 위대한 정신에게 고독은 자양분이 되지만 비열한 사람에게는 고통을 의미할 뿐이기 때문이다.

이탈리아의 수도사 캄파넬라는 반역죄로 나폴리 왕국의 감옥에 27년 동안이나 유폐되어 있었는데 그곳은 태양 빛도 차단된 곳이었다. 하지만 더욱 밝은 빛을 찾아서 『태양의 도시』를 완성시켰다. 그 후 이 작품은 유럽 각국의 언어로 번역되었으며 계속 증판되었다.

루터는 바르트부르크 성의 옥중생활을 이용하여 성경의 번역에 힘썼으며 그 외에도 독일에서 널리 읽힌 유명한 소논문과 논설을 집필했다.

우리가 『천로역정』이라는 명작을 접할 수 있었던 것도 그 저자인 존 번연이 투옥된 덕분일지도 모른다. 옥중에서 번연은 자신을 되돌아보았다.

자유를 빼앗긴 그는 오로지 사색과 묵상에 전념했다. 그는 도중에 몇 번 출옥했지만 결국에는 12번에 걸쳐서 베드포드 감옥에서 생활했다. 하지만 세계 최고의 우화라 불리는 『천로역정』은 이 오랜 감옥생활 덕분에 얻은 것이라고 해도 과언은 아닐 것이다.

디포는 세 번이나 죄인으로 길거리에 세워진 뒤 감옥으로 들어갔는데 거기서 『로빈슨 크루소』를 비롯한 수많은 정치적 소논문을 집필했다.

이 사람들은 형을 받고 한때는 좌절한 듯이 보였지만 사실은 결코 굴하지 않았던 것이다. 이처럼 아무런 장애도 없이 평온한 일생을 보낸 사람들보다 두 번 다시 일어날 수 없을 것 같던 사람들이 강한 영향력을 후세에까지 남긴 경우가 많다.

자신에게 최고의 '행복'을 가져다주는 삶

불행은 반드시 괴로운 것만은 아니다. 한편으로는 괴로움과 연결되지만 어떤 의미에서는 행복과 연결되기도 한다. 슬프기는 하지만 복구할 수 있으며, 다시없는 단련의 기회가 되기도 한다. 하지만 우리 인간은 단련이라는 면을 놓쳐버리기 쉽다.

그러나 이렇게 얘기할 수 있을지도 모르겠다. 어떤 사람에게 있어서 슬픔이나 괴로움은 성공을 위해 없어서는 안 될 조건이자 그 재능을 유감없이 발휘하는 데 필요한 수단이라고.

셸리는 시인에 대해서 다음과 같이 설명했다.

"불행에 휩싸이면 사람들은 자신도 모르게 시를 만들게 된다. 고통은 그들에게 시 짓는 법을 가르쳐준다."

만약 번연이 세상 사람들로부터 존경받으며 풍요로운 생활을 했다면, 혹은 바이런이 순조로운 삶을 살며 행복한 결혼을 하여 높은 지위에 올랐다면 그와 같은 훌륭한 시는 태어나지 않았을지도 모른다. 가슴을 찢을 듯한 슬픔이 때로는 냉정함을 일깨우는 법이다.

핸디캡이 있었기에 여기까지 올 수 있었다!

세상에 도움이 되는 훌륭한 업적을 남긴 사람들은 모두 격렬한 갈등

속에서 그것을 만들어냈다. 일은 불행에서 도망치기 위한 수단이었던 경우도 있으며, 때로는 의무 관념으로 개인적인 슬픔을 극복한 경우도 있었다.

"만약 몸이 약하지 않았다면 그렇게 커다란 일을 하지는 못했을 것이다."라고 다윈은 말했다.

실러가 위대한 비극을 수도 없이 집필한 것은 고문과도 같은 육체적인 고통을 맛보고 있을 때였다.

헨델은 죽음이 가까이 왔음을 알리는 손발의 저림이 찾아왔을 때, 절망감과 고통에 시달리면서도 책상 앞에 앉아 그의 이름을 불후의 것으로 만들어준 명곡들을 작곡했다.

모차르트는 막대한 빚을 진 채 무거운 병과 싸우면서 '레퀴엠'의 마지막 곡과 오페라를 작곡했다.

슈베르트는 가난에 허덕이며 32년간의 짧지만 빛나는 생애를 마감했다. 뒤에 남은 재산이라고는 입고 있던 옷과 자신이 작곡한 곡의 악보가 전부였다.

모습을 바꾼 '행복'을 놓치지 말 것

재난은 때때로 모습을 바꾼 행복에 지나지 않는다. 또한 그것을 잘 활용하기만 하면 몇 배나 더 커다란 행복을 손에 넣을 수 있을 것이다.

"어둠을 두려워해서는 안 된다. 그것이 생명의 샘을 숨기고 있을지도 모른다."

페르시아의 현인은 이렇게 말했다.

경험은 때때로 씁쓸한 것이지만 유익한 것이기도 하다. 우리는 경험을 통해서만 고민하고 강해지는 법을 배운다. 인격은 시련에 의해 단련되며 고통을 통해서 완성된다.

따라서 사람이 인내심이 강하고 생각이 깊으면 측량할 수 없는 슬픔 속에서도 풍부한 지혜를 얻을 수 있다. 제레미 테일러는 이렇게 말했다.

"슬픈 일이나 재난은 자신을 향상시키기 위한 시련이라고 생각하라. 그것이 우리의 마음을 다잡아주고, 절도 있는 생각을 하게 해주고, 경솔한 태도를 혐오하게 하고, 죄 깊은 행동을 멀리하게 해줄 것이다. 우리는 불행을 통해서 더욱 덕을 쌓아 지혜를 키우고, 인내하는 마음을 단련하고, 승리와 영광을 목표로 똑바로 전진하지 않으면 안 된다.

역경을 모르는 사람처럼 불행한 사람도 없다. 본인이 좋고 나쁨을 떠나서 그 사람은 시련을 겪어본 적이 없기 때문이다. 재능이 있다거나 성격이 좋은 것만 가지고는 안 되며, 승리의 왕관에 어울리는 것은 덕에 넘쳐나는 행동이다."

괴테의 '5주일간'의 행복

부와 성공 그 자체는 행복을 가져다주지 않는다. 인생은 실패의 연속이었지만 그 속에서 참된 기쁨을 발견한 사람도 결코 드물지 않다.

건강·명성·능력·만족스러운 생활 등의 모든 면에서 덕을 봤던 괴테만큼 행복했던 사람도 없을 것이라고 우리는 생각한다. 하지만 그런 그도 인생에서 참된 즐거움을 맛본 것은 겨우 5주일뿐이었다고 고백했다.

사라센 제국의 영화를 자랑했던 압둘 라만 3세도 50년에 걸친 치세를 되돌아보니 자신이 진심으로 행복했다고 느낀 것은 겨우 14일에 불과했다는 사실을 깨달을 수 있었다고 말했다. 이와 같은 얘기를 들으면 행복만을 추구하는 삶이 얼마나 덧없는 것인지 이해할 수 있지 않은가?

최대의 행복이란 엉킨 실과 같은 것이다. 행복은 슬픔과 기쁨이 한데 얽힌 것으로 슬픔이 있기 때문에 기쁨이 더욱 커지는 것이다. 불행의 끝에는 행복이 있어 우리를 슬프게 만든 뒤에 더욱 커다란 기쁨을 가져다준다. 죽음조차도 인생을 더욱 아름답게 해준다. 죽음은 지상에 있는 동안에 우리를 서로 더욱 깊은 관계로 맺어주기 때문이다.

인간의 행복을 위해서 죽음은 없어서는 안 될 조건이라고 힘주어 강조하는 사람도 있다. 저승사자가 친한 사람을 데려가면 남은 사람은 아무런 생각도 하지 못하고 그저 몸 전체로 슬픔을 느낄 뿐이다.

눈물로 가득 찬 눈에는 아무것도 비치지 않는다. 하지만 시간이 지남에 따라서 슬픔을 경험한 적이 없는 사람들의 눈보다도 더 확실하게 사물을 볼 수 있게 되는 법이다.

현명한 사람은 인생에 너무 기대해서는 안 된다는 사실을 하나하나 배워간다. 견실한 수단으로 행복을 추구하기에 노력한다면 실패에 대한 마음가짐도 생겨나게 될 것이다. 우리는 인생의 기쁨을 진심으로 맛보고, 한편으로는 괴로움을 인내심 있게 감수해야만 한다. 불평하고 징징거려봐야 아무런 도움도 되지 않는다. 명랑함을 잃지 말고 올바른 수단으로 묵묵히 일을 해나가는 것이 무엇보다 유익하다.

현명한 사람은 주위 사람들로부터 많은 것을 기대하지 않는다. 타인과 원만한 관계를 유지하기 위해서는 인내심이 중요하다. 아무리 훌륭한 인간이라 할지라도 사소한 결점은 가지고 있기 마련이다. 그것을 들추지 말고 배려하는 마음과 감싸주는 마음을 가지고 대해야만 한다. 완벽한 인간이 과연 이 세상에 존재할까?

그렇다면 인간의 성격은 대체 어느 정도까지가 선천적인 것이고 어느 정도까지가 유년 시절의 환경에 의해 좌우되는 것일까? 자라온 가정환경이, 부모로부터 물려받은 기질이 좋고 나쁨을 떠나서 직접 보고 자라온 여러 가지 본보기가 인격에 매우 커다란 영향을 미친다.

이 점을 생각한다면 주위 사람들을 배려하고, 다소간의 결점을 관대하게 눈감아줄 수 있게 될 것이다.

자신의 인생을 밝게 연출할 수 있는 것은 자신뿐

동시에 인생은 그 대부분을 자기 자신이 만들어가는 것이다. 한 사람 한 사람이 각자의 마음이라는 대지 위에 조그만 세계를 창조하는 것이다. 밝은 마음을 가진 사람은 즐거운 인생을 보내며 불만투성이

인 사람은 비참한 인생을 보낸다.

'마음은 나의 천국이다.' 라는 말은 모든 인간에게 적용된다. 비록 가난하다 할지라도 어떤 사람은 왕자의 마음을 가지고 있으며, 비록 왕이라 할지라도 어떤 사람은 노예의 마음을 가지고 있다. 인생은 그 대부분이 자기 자신을 비추는 거울에 불과한 것이다. 선량한 사람에게 있어서 세상은 선한 것이며, 악한 사람에게는 악한 것이다.

인생이란 세상에 도움이 되도록 노력하는 장소, 건전한 사상을 가지고 올바른 생활을 하는 곳, 자기 자신뿐만 아니라 다른 사람들의 행복까지도 바라며 일하는 장소이다.

이러한 인생관을 갖게 되면 틀림없이 희망에 넘치는 즐거운 삶을 살아갈 수 있을 것이다. 하지만 만약 그와는 반대로 인생을 자기만의 이익과 쾌락과 부를 추구하는 기회로 생각한다면 그런 사람들에게 있어서 인생은 고통과 실망의 연속에 그치고 말 것이다.

지금 이 자리에서 본분을 다한다

사람은 살아 있는 동안 세상의 일원으로서 자신이 해야 할 일을 충실히 수행하지 않으면 안 된다. 이는 가치 있는 인생의 궁극적인 목적이다. 바로 여기서 참된 기쁨이 태어난다.

이러한 자극은 무엇보다도 사람에게 만족감을 가져다주는 것으로 그것이 없으면 후회와 실망에 휩싸이게 될 것이다.

그리고 지상에서의 모든 역할을 전부 마감했을 때, 해야 할 일을 전부 마쳤을 때 누에가 조그만 고치를 만든 뒤 죽어가는 것처럼 우리도 숨을 거두게 될 것이다. 하지만 지상에서의 생활이 덧없고 짧은 것이라 할지라도 우리는 정해진 장소에서 커다란 목적을 향해서 있는 힘껏 최선을 다해야 한다. 그 커다란 임무를 무사히 마칠 수 있다면 육체의 죽음은 마침내 손에 넣은 불멸의 영혼에 비해 매우 하찮은 것이 될 것이다.

'철은 뜨겁게 달궈졌을 때 두드려라.'

안타깝게도 이 말에 진정으로 수긍할 수 있는 것은 인생의 경험을 어느 정도 쌓은 뒤거나, 부모가 되어 사람을 지도하는 입장에 서게 된 이후다.

철의 뜨거움, 부드러움에는 무서움이 숨겨져 있다. 한 번 한 번 내리칠 때마다 그 사람의 삶의 방식, 그릇의 크기, 형태가 결정되기 때문이다. 따라서 젊었을 때는 자신을 위해서 많이 얻어맞아 자신을 단련시키는 것이 매우 중요하다.

문제는 어떻게 얻어맞느냐 하는 것이다. 아무리 좋은 소재라 할지라도 칼로서 대성할 것인가 철 조각으로 끝나버릴 것인가 하는 것이 철을 내리치는 방법, 수양의 방법에 따라 결정되기 때문이다.

가지 않아도 될 길을 돌아간 것처럼 비틀어지고 녹이 슬어버린 철을 원래대로 되돌리기란 여간 어려운 일이 아니다. 하지만 올바른 스승, 인생의 기본을 가르쳐줄 양서를 얻어 철저하게 그 가르침에 따른다면 사람은 곧게 성장하는 법이다. 언제나 자신을 불타오르게 할 목표를 발견하고 그것을 향해 절차탁마하는 것이 미래를 향한 젊은이의 자세인 것이다.

이런 생각들을 스스로 실천했으며, 200년이 지난 지금까지도 젊은이들을 고무시키고 있는 사람이 있다. 바로 이 책의 저자인 스마일스다. 그의 충고가 이상을 표방하는 데 그치지 않고 실생활 면에서도 많은 도움을 주는 이유는 위와 같은 삶의 철학에 기반을 두고 있기 때문이다.

스마일스는 1812년 12월 23일, 스코틀랜드의 해딩턴에서 태어났다. 11형제 중 장남이었다. 그는 의학에 뜻을 두고 의사의 조수 역할을 해가며 에든버러 대학을 다녔다. 29세 되던 해에 아버지가 돌아가셨기 때문에 형제들을 보살피기 위해 한때는 학문을 그만두려 했으나 어머니의 권유로 그대로 대학에 남게 되었고 드디어 의사가 되어 고향에서 병원을 시작했다. 의사로서는 그다지 성공을 거두지 못했던 스마일스는 곧 글을 쓰게 되었고 철도 서기 일을 하면서 신문에 원고를 기고하게 되었다. 그리고 1857년에 증기기관차를 발명한 스티븐슨의 전기를 쓴 것을 계기로 전문 작가가 되었다. 그가 과학이나 기술에도 정통한 것은 이런 그의 경력 때문이다. 그는 1861년에서 1862년에 걸쳐서 『기술자 열전』(전 3권)을 집필하기도 했다.

어떤 의미에서는 『자조론』보다 이 책의 내용이 더 충실하다고 말할 수 있을 것이다. 여기에는 영국 최고 전성기의 신사의 삶과 이상적인 인격을 구체적으로 제시했기 때문이다.

스마일스는 인간이 자신을 완성시키기 위해서는 스스로 노력하는 것 외에는 달리 방법이 없다고 했다. 그리고 그러기 위해서는 학교에서 배우는 것만으로는 충분하지 않다고 했다. 우선은 스스로가 자조의 정신에 눈을 떠 실행에 옮겨야 한다. 인간의 일생을 건 대사업은 나날의 평범한 생활 속에서 끊임없이 자기를 수양하고, 인내심을 갖고, 성실한 마음을 가지고 일을 해나감으로 해서만 달성되는 것이다. 끊임없는 근면과 노력을 기울이는 것이 성공으로 가는 길임을 가르쳐 주는 책으로 이보다 더 좋은 책은 없다고 해도 과언은 아닐 것이다.

이 책은 개개인의 인격을 단련하는 것이 인간에게 주어진 가장 중요한 과제이며, 사회 전체를 번영으로 이끄는 기반이 된다는 것을 확실하게 가르쳐주고 있다.

스마일스가 이 책을 저술했을 무렵의 영국은 세계 최강국이었다.

'해가 지지 않는 나라' 라고 불렸을 정도였다.

그런 최고 전성기의 영국을 지탱하게 한 힘은 바로 영국의 신사들이었다. 그런 사실들이 이 책에 잘 묘사되어 있다. 완성된 인격은 사회를 번영으로 인도하며 나라를 강하게 만든다. 당시 영국은 국력은 물론 지적 수준에 있어서도 세계의 선두를 달리고 있었다. 그런 영국인들의 지적 자기 단련법의 결정체라고도 말할 수 있는 것이 바로 이 책이다.

희망을 가지고 자신의 신념을 관철시키며, 이 책과 함께 강한 인내심으로 성실하게 살아가는 길을 선택하기 바란다. 이 책은 그 어떤 어려움이 찾아와도 자신을 격려하고 스스로의 나약함을 극복할 수 있도록 해주는 힘이 되어 줄 것이다.